「いい加減」で生きられれば…

【新装・増補版】流される美学

曽野綾子

興陽館

はじめに――
「いい加減」で生きられれば…

一日に、朝昼夜があるように、人間の一生にも、それに該当する年月がある。その時々によって、気分だけでなく、刻々に向き合う問題も、それに対処する姿勢も違って来る。

そのようにして何十年かの年月を、終着点近くまで生きて来ると、――私の場合だが――自分には初めから信念もなく、強烈な個性もなく、ただその場その場をやり過ごして人生を送って来たのだ、ということがよくわかる。

私は、人生で「大なる説」を唱える哲学者にも政治家にもなったことがなく、「小なる説」を唱える小説家として生きて来たのだが、それでも半世紀をはるかに越える年月、小なる説を呟き続けただけでもずいぶん疲れたのである。小なる説がその範囲から逸脱しないように足を踏みしめているだけでも疲れるのである。しかし大体のところで、人も殺さず、戦いにも加わらず、生きて来られたのだから、まずその幸運に感謝し、次に家族や友人たちの庇護にも御礼を言わねばならない、と感じている。その匙加減を私は「いい加減に生きることだ」と思っているのだが、実はそれもかなりの思い上がりだということもよくわかっている。

「いい加減」とは実に大変な境地だ。お風呂の湯加減にしても、清汁の塩味にしても、「いい加減」に仕上がったら、それは名人の境地なのである。だから、というわけではないが、我々凡俗の生き方は平凡な振り子のようなものだ。常に行きすぎて反省し、反対の方向に振れ、又、戻る。下手な料理人が塩加減と水の量と闘い続け、最後まで安定しない苛立ちは、落語のストーリーでもあり、我々の日常生活での悲劇でもある。

そこで人間は諦めるか……これでも「少しはまし」と思うか、まあどちらに転んでも現世で大した違いはない、と悟る。この目が大切なのだろう。

私は現実の自分の視力に子供の時から悩んだ。強度の近視と乱視である。どんな眼鏡を作ってもらっても黒板の字が見えないから、教室では特別に前方の席を与えられていた時代もあった。次第にズルをする方法も覚える。首を伸ばして隅の子のノートを見せてもらうのである。今考えても驚くほど、隣席の子は誰もが親切だった。自分のノートを少し私の方に寄せて書いていてくれたのである。そんな所ででも、私は人一倍の人情をかけられて生きて来た、と感じた。困難に直面すると、人生を深く味わうようになる。

私は「いい加減」のすごさを、その程度の日常性の中にも見つけて来た。私の心の中にいつも「いい加減」だった光景に対する深い感謝と賛美があったからこそ、この本を編んでもらえたのである。

その場その場をやり過ごす術を持つ
――『流される美学』はじめに

いいことか悪いことかわからないが、私は半世紀前に書いた自分のエッセイを読んで、「へたくそな文章だなあ」と思うことは始終だが、ものごとの考え方自体の基本的な姿勢が変わったと思うことはあまりない。

この点について、或る人は「ぶれない」と褒めてくれるが、それは反面では、私に進歩がなかったということを示している。

その原因と考えられるのは、私は五歳の時にカトリックの経営する幼稚園に入れられ、学校秀才ではなかったので、受験にも向かず、ずっとエスカレーター式の学校でその同じ大学で教育を受けた。

その間にキリスト教的な教養も少しは身につけたのだが、つまり全く相反する思想や社会体制の中で暮らすこともなく済んだため、基本から変わる機会もなく生きていられたためだと言った方がいいかもしれない。

私自身が強い信念の元に変わらなかったのではないのである。

私は初めから、川の流れの畔にすっくと立つ樹木ではなく、水草のように半分流されている自分を見ていたのだ。

しかし言いわけになるが水草には、根がないのではない。ちゃんと川底の泥などに摑って根を生やし、その汚泥から栄養分を吸っている。

人間の人生も同じだろう。幸福からも元気づけられ、不幸のどん底でも、自殺するわけにもいかない、と考えて、その時をやり過ごす術を本能的に覚えたのだ。

正直なところ、私は周囲にことごとく逆らって一人孤高を全うするという人物も好きではない。物語や道徳の書として登場する分にはいいけれど、そんな人とは、疲れて日常生活を共にはできない。

しかし全く世間の流行に流されて生きる人とも友達になれない。

世間的に上の社会との付き合いに夢中になって、自分も負けじと加わるという精神構造も好きになれない。相手の心の姿勢に信用を持てないというあやふやな付き合いは、初めから危険なものだということはわかっているからである。

無理に一言で私の趣味を言えば、「大体において運命に流され、ただほんの少しだけ、常に流れに掉さして、自分の好みを通す」くらいの生き方がいい。

その周辺のことを、私は昔から書き続けて来たらしい。

「いい加減」で生きられれば…　―【新装・増補版】流される美学　目次

はじめに――
「いい加減」で生きられれば……3
その場その場をやり過ごす術を持つ
――『流される美学』はじめに……6

第一章
「いい加減」がちょうどいい……25
「いい加減」にやっていい……26
「手抜き」「ずる」「怠け」で暮らす……28

なんでもやってあげない……31
必要なことだけを簡単に……33
「少しぐらい」は使い勝手がいい……36
だれもがいい加減……38
堂々と流されてみる……40
そんなに努力しなくていい……42
生と死はほんの少しの差……44
すべての財産は仮初《かりそめ》……45
皆が侮蔑《ぶべつ》する道を選ぶと気が楽……47
妥協する以外に、生きていく方法はない……49
人間の心には、矛盾がある……51
すべては計算通りにいかない……52
運命には流されてみる……53

いい加減に、人生をおもしろがる……54
誰もが同じ孤独を悩んできた……55
この世で唯一信じていいもの……57
死ぬ前に、サクラを見ておく……58
人間の輝きの時間のあとに黄昏が訪れる……59
人は「さみしさ」を味わわなくてはならない……60
時間とともに運命は流転する……61
この世は「ろくでもないところ」……62
悪い結末を嘆かない……63
人生の不条理を悲しむことは無駄ではない……64
目的がない人生は辛い……65
今日一日、自分の心を見つめる……66
本当の意味で強くなる方法……68

すべては想定外だと知る……69
流されながら、どう生きればいいのか……70
大勢とは反対の方角にいってみる……71
何事もすぐに答えを出さない……72
中心になる軸はしっかり持つ……73
人間の使命は不平等を生きること……74
流れにさからわない……75
悲しみにはどっぷり漬る……76
いいも悪いも、人生は一度しか試せない……77
自然に生きるにはふたつの勇気が必要……79
人生は初めから終わりまで「通過」……80
大きく流されない……81
悲しむとき人は解放される……82

組織も人もいつか消える……83
ものの考え方は不純がいい……84
深い闇を描くことで、光を描く……85
どん底からは、這い上がるだけ……86
運命の不公平は均《なら》される……87
人間の予測は、常にはずれる……89
人間は妥協で生きている……91
深くは執着しない……92

第二章

自分の運命をフルに使う

……93

努力が七十五パーセント、運が二十五パーセント……94
状況を楽しく利用する……95
運の影響を受けない人生はこの世にない……96
人生は予測できない……97
どんな生活も、人間を鍛える……98
修羅場が人間を変える……99
人は自分の運命をフルに使う……100
運命を認めないと、人生にいい香りがしてこない……101
結果の背後に理由はない……102
酔狂に生きる覚悟……103
中年以後は、人の運命に手を差し延べる……104
どんな仕事にも終息の美学がある……105
仕事は水の流れのように続く……106

生きる時間は決まっているから、できるだけ楽しい生活を持つ……107
誰も運命の連鎖の外には出られない……108
頑張る人間は美しくない……109
誰かが見ていてくれる……110
「あっという間に時間が経つ」のは幸福……111
何かを知り尽くすことなどできるわけがない……112
運命を受け入れる……114
幸運はけっして当てにできない……115
運が悪い日は、必ずある……116
人間は千差万別……118
運はあるとも言えるし、ないとも言える……119

第三章

人づきあいは成り行き……121

評判は最初から悪いものにしておく……122
人間関係は距離を置く……123
相手を完全に理解することはできない……124
たいていの人が苛められた体験をしている……125
人を見下すも見上げるもない……127
苦手な人からは自然に遠ざかる……128
自分と違う性格の人がいるのは素晴らしい……129
家族関係を風通しよくする方法……130
他人のことをとやかく言わない……131
死んでも精神の自由を選ぶ……132

筋を通さない……133
正義を振り回すと、真実が見えなくなる……134
「小心さ」は大変有効なもの……135
選ばれることは苦しみの始まり……136
人間関係には期限がある……137

第四章

病気も不幸も仮初《かりそめ》

……139
健康は仮初《かりそめ》のもの……140
病気は有益……141
体を疲れさせれば不眠症もなおる……142

病気は深い哲学を育てる……143
理由がなくても病気にはなる……144
悩みのない不幸……145
長生きしたらどうするのだろう……146
病人にも任務を引き受けさせる……147
病気にも不幸にも意味がある……148
年をとると人生の達人になる……149
孤独に強い人間になる……150
人はいつ死ぬべきか……151
痛みを止めてもらえない不幸……152
老人といえども、甘えてはいけない……154
癌は不思議な病気……155
楽しいと病気は治る……156

「絶対」という言葉を使う人は嘘つき……157
健康な人と病気の人をわけること……158

第五章

死はさりげなく……159

死はさりげないのがいい……160
永遠の前の一瞬を生きる……162
死は実にいい解決方法……163
死の時は、大きな贈り物……164
死ぬ日までは生きている……165
一生かけて、その空洞を埋めて行く……166

死後の世界はもう孤独ではない……167
人生の終息に向かう整理は楽しい……169
死に方は選べない……170
死があるから、本当に生きることができる……171
死にも時がある……172
行きたいと思っていたところで死ぬのが本望……174
毎日、心の決算をつける……175
人づきあいは成り行きにまかせる……176
再会するまでの時間を楽しむ……177
失う訓練ができれば、うまく死ねる……178
葬式は、おめでたい……180
若さに執着しない……181
人間の運命に殉じる……182

自分が死んだ後のことは考えなくていい……184
死んだ瞬間、目が見えるようになる……185

第六章　自分に楽に生きてみる……187

どこにいてもきれいな生き方はできる……188
楽に生きる瞬間にさえ人間が見える……189
楽に生きるとは、どういうことか……190
知ったかぶりをしない……192
死ぬまでに会っておく……194
無理しないで生きる……195

何を基準に生きればいいのか……196
知らないものは知らない……197
本当に人間が欲しいもの……198
才能は贈り物……199
ここには人生のすべてがある……200
作家の仕事は孤独で自由なもの……201
運命に耐えぬく力を養うのが教育……202
出発点はゼロから……203
常識は有効なもの……204
日陰の部分が人を成長させる……205
老年は自分の時間を生きることが許される……206
出会いを「深く大切に面白がる」……207
日本中「無名の作品」だらけ……208

幸福も不幸もいいもの……209
生き延びることは、絶えず自分を鍛えること……210
死は一つの救い……211
偏った人生を承認することはおもしろい……212
軽薄な人間にならない方法……214
自分のサイズの中で、自分を磨く……216
人間としての豊かさ……217
答えは、時間が出す……218
自然に死んでいくことは偉大なこと……219

第一章

「いい加減」がちょうどいい

「いい加減」にやっていい

私たちは何事をやるにしても完璧を期《き》してはいけないし、自分はすべてわかっていると思わない方がいい。そしてできれば気が長い方がいい。

つまり「いい加減」にやっていいのである。しかし考えてみると「いい加減」というのは風呂の湯加減でもなかなかできない技術だ。

いい加減という言葉が、だいたいのところという意味と、まさに適切な量との双方を示すというのは何とも面白いものである。

老人介護のいい加減は主に手抜きを指す。

しかしそれが結果的に見ると最上の方法になっている場合も多い。

私の狡《ずる》さは、逃げ道、すなわち長続きする道をいち早く発見したことだ。

やろうと思うこと、やるべきことでも、嫌になったりくたびれたら止める方が自然なのである。

それを完璧にやろうとすると、介護人は追いつめられくたびれ果ててすぐに投げ出すことになる。

『夫の後始末』

「手抜き」「ずる」「怠け」で暮らす

私は昔から「かいがいしい妻」とは正反対の悪い性格だったから、食事の時、コーヒーカップにスプーンをつけ忘れていても、すぐに立って取ってくることはしなかった。自然に夫は自分で立って取りに行くようになった。そして八十歳を過ぎた頃には、「人にものを頼まない方がいいな。僕が自分でスプーンを取りに行けば、それで行きに四歩帰りに四歩、合計八歩は余計に歩くことになる。長い年月には、それだけでも歩く距離が増える。いい運動だ」と言うようになった。私はそれを嫌みとは聞かなかった。事実そうだったし、ここでいい女房に変身すれば、長年培ってきた悪評という特徴と、楽に生きる方法を失うことになる。

自分自身に体力がなくなると、私はさらにさぼる方法を考えた。一旦座った食卓からスプーンを取りに行こうと思うから、辛いだの面倒だのと思うようになる。食卓の上に書道用の筆立てを二個おいて、一個はナイフ、フォーク、チーズカッターなどの金物用。もう一個はお箸などの木製品用。箸立てにお箸を立てたままにしておくのは、大衆食堂風と知っているが、筆立てを少しだけ趣味的なものにして救われている、と自分で思うことにした。とにかくこれで、何を食べるにしても必要なものが手許に揃っている。

私は毎日毎日、楽したままで生活を便利にする方法を考えるようになった。

その趣味でけっこう忙しい。冷蔵庫の中の残り物はよく覚えておいて次々に食べてしまうから、庫内はがらがらで奥の壁が見えている。これで探しものをしなくて済む。パン用のジャムやバター、ご飯用の佃煮《つくだに》や漬物類は、それぞれ一つの細長いバスケットに入れて、それさえ冷蔵庫から引き出せば、食べ残しがないようになっている。バスケットならぬバカケットである。

高齢者の中には、年々できないことが増えることを悲しんで、しかも退屈している人がいる。しかし時間の変化というものは、人に日々新しい問題をつきつけてくれる。それに対してその都度対処していけば、年を取ることに対して一方的な負け戦にならないで済む。なかなかおもしろいものだ。手抜き、ずる、怠け、などという性格は、昔から悪いものとされていた。しかし、手抜きだから続くこともあり、ずるいから追いつめられもせず、怠けの精神が強いからこそ、新しい機械やシステムの開発につながる。

よく気のつく奥さんが理想だという基本は変わっていないのだが、私のような手抜き女房もそれなりに、自分が楽に機嫌よく暮らせる方法や、配偶者の運動能力を保つのに、一役は買っている。

魔法のように食卓の上にすべての必要なもの——最近は食器だけでなく調節用の調味料のお盆まで加わった——をおくことも1つの工夫だし、「スプーン一本運動」とでも言うべき夫を歩かせる確信犯的さぼりも、それなりに意味はあるのである。

なんでもやってあげない

夫の介護人の生活を始めるようになってから、私はテレビの介護風景を、前より気をつけて見るようになった。

すると、気持ちの悪い光景が多いことに気がついた。前からそうなのだが、老人ホームなどの介護の光景では、必ず若い女性の介護士さんが、笑顔いっぱいで老人の手伝いをしているのである。本当にいつもそうか？　と思う。私は若くないせいか、そんな愛想のいい顔で、老人には付き合えない。

認知症の度合いというものは説明し切れないものだろう。風邪とは違うのだから、何月何日から発病しました、というものではない。

私は父母三人の晩年を見たので、認知症の兆候は、本当に確認できるはるか以前、十年、あるいはそれ以上も前から、性格の変性という形で出ていたことを知っている。

テレビで認知症の夫を介護している女性たちは、どの方も夫にご飯を食べさせている。それだけ行動も不自由なのかもしれないが、老年でも訓練と知的刺激を相手に与え続けることは大切なのだ。夫は日に七回も転んだ日があって、それ以来、歩くのがひどく下手になったが、食事もトイレもすべて自分でする。食べるという本能の前には、人間はかなり無理をしても動けるのかもしれない。だから、できるだけ自分で食事を取ってもらう習慣を続けることだ。優しく食べさせてあげることが、必ずしも親切ではない。

病人にも、老人にも、生活の中で任務が与えられていた方がいい。「お使いに行ってきますから、玄関のベルが鳴ったら、ゆっくりでいいから出てください。ついでにドロボーの番もしてください」と私は言う。すると、「よし、分かった」などと答えている。

必要なことだけを簡単に

私の知人の一家は、ご主人が九十歳前後。穏やかな人柄で、週に一日だか二日だかデイケアに行く。もうお仲間と囲碁や将棋を愉《たの》しむでもなく、会話もしない。

着くなり居眠りをしてお昼ご飯を食べ、それから改めてお昼寝をして、三時に起こしてもらっておやつを食べる。

そして間もなく家に帰ってくる。しかしそれだけでも家族は助かるし、老人にも社会につながっているという意識は必要なのである。

しかし奥さんの言うところでは、毎日デイケアからは、通信文がついてくるのだそうだ。「今日も、おやつは全部召し上がりました」というような簡単なことで、預かる施設が誠実なことを示しているが、今日本人の多くを疲労に陥れているのは、何かにつけて報告文《リポート》を書かせる習慣である。

いつもと同じなら、別に家庭に知らせることはないのだ。急におやつを食べなくなった時だけ、知らせたらいいかもしれないが、いつも通りなら何も通達することはない。これは「サービスを見せつける一種の過剰表現」で、従業員を疲労させるだけのむだである。

これが病院だったら、患者に関して夜勤の看護者は翌日の勤務者に伝えねばならないこともあるだろう。

体温、血圧、食欲、排便の様子、言動など、すべて連絡しておいた方がいいことだろうが、それらは項目別にできるだけ簡単に数値などを書き込む方途さえあれば、多くのものは済みそうに思う。

報告に費やす時間はできるだけ縮めるのが有益な労力の使い方だ。

学校の先生が、過剰な労働を強いられているという話は有名だが、その一つの要素に、何事も「リポート」に残す、という仕事があるらしい。

これも必要ないことだ。異常を感じた時だけ、通告すればいい。昔はそんな風習は一切なかったが、私の同級生はこの上なく健全ないい老女になっている。
通常通りだったら、何も言うことはないし、昔から連絡というものは必要なことだけ口頭で簡単にやっていたものだ。

『人生の醍醐味』

「すこしぐらい」は使い勝手がいい

私の母は体が不自由になっても、ベッドの下の小さなゴミさえ気にして拾いたがるような性格であった。

それに対抗して、私は何でもすぐ「そんなことでは、人は死なない」と言うのが癖になった。

これはなかなか応用の利くいい言葉だった。

「少しぐらいゴミがあっても死なない」

「少しぐらい食べなくても死なない」

「少しぐらい汚くても死なない」

「少しぐらい義理を欠いても、見捨てられることばかりではない……」

ほか、運命が私に教えてくれた言葉は数限りない。

これらは、介護の必要な母の存在がなくても、けっこう使える言葉であった。私が五十歳を過ぎて、アフリカ社会とのつながりを持つようになった時、私のこの「いい加減人間」の要素が、アフリカに向いた資質となっていたのである。

『夫の後始末』

だれもがいい加減

私は、本音をはいておいた方がいいと思います。

私は希望というと、本来のところ宝クジしか思い浮ばない人間なのです。

私にとって希望というのは多分に投機的で、虚偽的です。

私はほとんど希望なしでやって来ました。いつも希望の代りにしていたのは、小さな、現実的な目標という奴です。

目標には必ず困難がつきまといますが、もしかしたら、廻り道して辿《たど》りつけない、というものでもありません。

しかしそれには希望という言葉の持つ、輝かしさは一切ないと言ってさしつかえありません。

大人たちはなぜ、青年たちに、この世は信じがたいほど思いのままにはならない所なのだということを、きっちりと教えこまないのでしょうか。
そして人間は、だれも、そのような不合理な生涯にじっと耐えて――つまりいい加減に――生きているものだということを。

『仮の宿』

堂々と流されてみる

私は大きな方向は自分で（決めたいと願い）、小さな部分では流される（ことは致し方がないと思う）ことにしている。

いや、その逆かもしれぬ。人間に決められるのは晩のご飯のお菜くらいなもので、お菜だって、マーケットへ買いに行ったら、予定して行ったものがなかったということはざらなのだ。

大きな運命にいたっては、人間は何ひとつ、自分で決めた訳ではない。私たちが、二十世紀の終わりに、日本人として、それぞれの家庭に生まれ合わせたこと、どれひとつとってみても私の意志ではなかった。

私たちはその運命を謙虚に受けるほかはない。

自然に流されること。それが私の美意識の基本なのである。

なぜなら、人間は死ぬ以上、流されることが自然なのだ。けちな抵抗をするより、堂々とそして黙々と周囲の人間や、時勢に流されなければならない。

『誰のために愛するか』

そんなに努力しなくていい

朱門がよく言うのですが、作家と学者の間には、職業上の基本姿勢に大きな違いがあるんだそうです。どう違うかと言うと、学者は嘘のことを書いたら怒られる。しかし作家はほんとうのことを書いたらモデル問題で訴えられる。「だから学者は大変ねえ」と笑ってます。

どんなに抗《あらが》ったって、人間、定められた運命以上のことはできません。ただ運命に流されながらも、希望の方向くらいははっきりと持ち続けていて、小さな悪足掻《わるあが》きをすることくらいは自然でしょう。

そうするとそのけちな悪足掻きが、思いのほか大きく流れの方向を転換させる力になることもあるのです。

しかしそんなに、努力しなくてもいいのよ。

流されることを愛してください。
そして流されながら、しかし最後まで、小さな希望だけは明確にしていると
いう生き方をしてください。
「いい加減」という言葉がこの頃私は大好きです。

『親子、別あり』

生と死はほんの少しの差

昭和二十年（一九四五年）三月十日の東京大空襲は今も住む大田区で経験しました。うちから三百メートルくらい離れた所にあったベーカリーが爆弾の直撃を受けて一家九人が全滅即死です。

明日の朝まで生きていられないかもしれないと思っただけで、私は気が小さかったんでしょう。砲弾恐怖症にかかって一週間ほど口がきけなくなりました。

死というもの、殺されるということはどういうことか。戦争では五十センチ右に立っていた人が撃たれて殺され、五十センチ左に立っていた人が生き延びる。そこに理由はない。ほんの少しの差が自分では動かせない運につながると知れば謙虚になります。

『この世に恋して』

すべての財産は仮初《かりそめ》

私も足を折らないうちは、歩けない人のことなど、ほとんど考えたこともなかった。母が老年になって歩行が困難になると、私は当時はまだ世間では珍しかった「自家用車」で外出をさせようと思い、まず運転免許を取った。それから貯金が足りなかったので、母にも少し借金してセコハンの車を買った。

しかし私の意識はあくまで運転手の立場であり、車がなければ移動しにくい人の視点に立ったものではなかった。

しかしこの世で私たちが手にしている物質も状態も、すべて仮初《かりそめ》のものであることは間違いない。

津波や地滑りに遭った人たちは、一時間前まで住んでいた家が突如として消え失せ、それだけでなく、そこに家族として当然いるべき人たちまで失われたことを知るのである。

つまりその人が信じていた歴史も生活も瓦解《がかい》したと言うべきか、雲散霧消するのである。

そんな過酷な運命もあるということに深く同情して当然なのである。

皆が侮蔑《ぶべつ》する道を選ぶと気が楽

文学に対する想いばかりでなく、たとえば男と女の関係にしても、私が好きなのは、それにかかわることによって、得をすることではなく、みすみす世間から排斥《はいせき》されることがわかっていても、なお、それに殉じるほどの思いを持つことです。今、考えてみれば、まともな縁談を持って来られた時、調査されて断わられる、などということが、どうしてそれほど困ることなのかわかりませんが、その時は、この世界（文学）に入ることは、堅気との縁を切ること、と覚悟していました。

今はもう高齢者の記憶のいい方たちでも、この辺の時代的背景を掴《つか》んでいらっしゃる方はあまり多くありません。小説家になることは、最初から有利な、陽の当る道を歩くことだと思っていらっしゃる。事実、この頃の、芥川賞や直木賞の受賞風景を見ていると、昔とは変った、と思います。

しかし私がこの道を行こうと思い定めたころは決してそうではなかった。

私はどちらかというと、皆が侮蔑《ぶべつ》する道を選ぶことの方が、皆がほめそやす道をとるより、気が楽だったのです。


『仮の宿』

妥協する以外に、生きていく方法はない

人間社会は、ある意味で妥協なんですね。自分がこうありたいと思っても、そうするためには大きな負債を背負うとか、家族を失うとか、相手の心をひどく傷つけるとか、いろいろなトラブルを招く。それを考えると、ほとんどの人は適当なところで折れるわけです。夫の三浦朱門の話ですが、小学生のころ、貧しいのでお弁当を持ってこられない同級生がいました。当時給食なんてものはありませんからね。最初、その子がかわいそうで自分の弁当を半分あげようかな、と思った。でも、そうすると、毎日あげ続けなくてはならなくなる。それはとてもできないと思って、知らん顔をすることにした。そしてずっと、食べられない同級生のそばで、自分は弁当を食べ続けた。その時、彼は貧しい人を助けるのもつらい、助けないのもつらい、ということがわかったのでしょうね。

宗教的な言葉で言えば、その子に負い目を感じたわけです。

人は自分の弱みや卑怯さを知った時、人間の悲しみというものに気づいて、共通の運命に対する優しさも出てくるんでしょう。私は、部分的には外界に折れていいと思っています。

私たち凡人には、それ以外に生きていく方法はないですから。ただ、自分が折れたとか、ごまかしたとか、逃げたという確認をして、一生それに負い目を感じて悲しんでいこう、という気持ちでいます。「私にはできませんでした。すみません」と思うことが誠実でしょうから。

そして、またいつの日か、それを補うことができる機会があれば、ささやかな勇気を持って、美学に殉じるほうに少しでも近づいていけばいいんです。

人間の心には、矛盾がある

私は最初からなにも失うものを持っていない一作家です。ですから、何か言う時に気楽ということはあります。

もともと作家というものは無頼な人間の仕事であると承認されていたものなのですが、今の作家たちの中には、自分たちがいかにヒューマニストであるかを表そうとすることに熱心な人が多くなりました。

全くつまらないことです。別に悪ぶる気もありません。私はそれほどの人間ではありませんから。

ただ人間の心には、たくさんの矛盾があるということを冷静に承認するのがもの書きの姿勢だと私は思っているだけです。

『旅立ちの朝に―愛と死を語る往復書簡』

すべては計算通りにいかない

この世は矛盾だらけだが、その矛盾が人間に考える力を与えてくれている。矛盾がなくて、すべてのものが、計算通りに行ったら、人間は、始末の悪いものになったろう。すくなくとも、私は考えることをやめ、功利的になり、信仰も哲学もなくなる。

正義がことごとく果される現世など、決して、我々が考えるほどいいものではない。逆説めくが、人間が人間らしく崇高であることができるのは、この世がいい加減なものだからである。正義は行われず、弱肉強食で、誰もが容易に権力や金銭に釣られるから、私たちはそれに抵抗して人間であり続けたいと希う目標も余地を残されているのである。

『あとは野となれ』

運命には流されてみる

どのような作家になるか、ということも、実は自分で決められるようでいて全くそうではない。自分で自分を騙すことができない、という思いに駆られることは始終である。

考えてみれば、運命に流される、ということが私にとっては非常に重大なことであった。

それは努力して運命の流れに逆らうという一見正反対の姿勢と、ほとんど同じくらいの重さで人生にかかわっている。

『魂の自由人』

いい加減に、人生をおもしろがる

私はすべての運命の変化を感謝し、おもしろがって、受け入れていた。私がそうなりたくてなったことではなくても、見せて頂けた世界は貴重なものだろう。私はそれを記録してもいい、と思うようになった。

一つには私が充分に年を取って、自然に、褒めて言えば複雑に、悪く言えばいい加減に、人生の受け止め方ができる年になっていたのだと思う。しかしあくまで書き残すのは、作家として女々しい部分だけにしたいと望んでいたのもほんとうである。

『私日記〈1〉 運命は均される』

誰もが同じ孤独を悩んできた

恐らく孤独も又、迎えうたねばならぬものなのだろう。孤独は決してひとによって、本質的には慰められるものではない。

友人や家庭は確かに心をかなり賑やかにはしてくれる。しかし本当の孤独というものは、友にも親にも配偶者にも救ってもらえないものだということを発見したときである。

それだけに絶望も又大きい。しかし、人間には天地開闢《かいびゃく》以来、誰もが同じ孤独を悩んできたのだ。同じ運命を自分だけ受けずにすますということはできない。

孤独ばかりではない。あらゆる人々がさまざまな悩みに悩んできた。雄弁家として知られるデモネイトスは吃《ども》りであり、ダーウィンは病弱で、スウィフトは自分の才能が人々にわからぬという点で、フロイトは広場恐怖症に、チャーチルとトルストイは不器量コンプレックスに苦しんできた。

それなのに自分だけは、と思う方がおかしい。

いわば人生は苦しみを触角として人々とつながっているとさえ言えるのである。

『誰のために愛するか』

この世で唯一信じていいもの

私流の表現で言えば、世の中のことは、すべて期待を裏切られるものである。地震の時に持ち出す非常用のカバンを整備したら、いっこうに地震は来ず、カバンの中身を出したら地震が来た、という人もいる。嫁にも行かずずっと同じ家で暮らしてきた娘がいるから、自分の老後はこの娘の世話になろうと思っていたら、思いがけなく娘の方が先に亡くなったりする。世間の悲哀というものは、多かれ少なかれ、そのような形を取る。

しかし死だけは、誰にも確実に、一回ずつ、公平にやって来る。実にこの世で信じていいのは、死だけなのである。

『誰にも死ぬという任務がある』

死ぬ前に、サクラを見ておく

植物は、回復して家に帰る人にも、死を約束された人にも、どちらにも慰めと納得を経て祝福を与える。

そのサクラがあれから約四分の一世紀経って、かなりの花をつけるようになったと聞いてはいたが、私はまだ見たことはなかったのである。急に思い立ったのは、サクラの時期に近くまで行くことはめったにないし、このままにしておくと、私はサクラを見ずに死ぬかもしれない、と思ったからである。

人間の輝きの時間のあとに黄昏が訪れる

人間には、誰にも必ず、このように限りなく、一点のくもりもなく輝く時がある。

それは一瞬か一日か長い年月かは別として、主観的に多分一度はあるものだろう。

その人生の輝きに燃えた後でまちがいなく、黄昏が訪れ、終焉が来る。

『人間の愚かさについて』

人は「さみしさ」を味わわなくてはならない

一人の人間が、生の盛りを味わう幸福な時には、死は永遠のかなたにあるように見える。しかしその同じ人が、必ず生涯の深い黄昏に入って行く時期があるのだ。それでこそ、多分人生は完熟し、完成し、完結するのだ。だから人は、「さみしさ」を味わわなくてはならないのだ。私はもうその経過をいやと言うほど多く見てきた。

私は人と比べると、ややいびつな子供時代を過ごし、その結果、性格もかなりひん曲がったのだ、と自分で思っているが、それはそれで一つの人生なのである。どんな人生の生き方も比べられない。比べることに意味がない。どれも「それでよかった」のだから。

『人間の愚かさについて』

時間とともに運命は流転する

「万物は流転する《パンタ・レイ》」というのは、ヘラクレイトスの言葉だというが、人間もまたその流れのなかにはめ込まれるのである。

考えてみればこれは公平な運命だ。誰かが特別扱いをされるというのでもなく、誰かが運命を取り逃がすということもない。

私が畑の一隅に立って見慣れた自然の光景も、常に動き、流転するものだった。

「三日見ぬまの桜かな」だけではない。芽も茎も葉も花も実も、時間の経過と共に確実に歩調を合わせて変化する。人間もまた同じである。

『誰にも死ぬという任務がある』

この世は「ろくでもないところ」

私自身は、現世をいつも豹変する所だとして見ていた。私は将来を夢見たという記憶がない。むしろきっと悪いことが起きるだろうと恐れる才能にかけては、人後に落ちなかった。

私は一種の問題家庭に育ったおかげで、幼い頃から「苦労人」だったから、人間の生きるこの世の原型を「ろくでもないところ」だと捉《とら》えていた。今はよくても、すぐに運命は途方もなく人を裏切るような方向に動くことが多いのだから、抽象的な意味で、自分が立っている大地が揺れ動くような可能性を信じることも、それほどむずかしいことではなかった。

『揺れる大地に立って　東日本大震災の個人的記録』

悪い結末を嘆かない

いや、そういう言い方さえ正しくない。私がその結果を承認しようがしなかろうが、不可能なものはできないのである。

しかし、或ることとの結果をただ不服とするか、そこに、神の意志をよみとるかどうかは、大きな違いである。

私は昔から諦めのいい子だと言われたが、望ましからざる結果を、ただ諦めていても別にいいことはない。むしろその中に、その結果こそよかったのだ、望みが叶えられなかったことこそ神の深い配慮だと、わかることが必要なのである。

『心に迫るパウロの言葉』

人生の不条理を悲しむことは無駄ではない

しかし一生病の床から起き上がれないままに生を送る人もいる。他人の私たちが悼んでもどうしようもないことだが、その不条理を深く悲しむことは決して無駄だとは思わない。なぜなら、私にとって、自分の現実であろうと他人の運命であろうと、不条理にうちのめされることは、無駄どころではなく、まさに私を人間として複雑にしてくれる過程のような実感があるからである。

そして地球上のすべての人間が、動物としてではなく、人間として深まることこそ、恐らくこの世が上質なものになることだろう、と迂遠《うえん》なことを考える。そして不条理の原因にもその運命を受けとめてくれた人にも、深く感謝するのである。

『誰にも死ぬという任務がある』

目的がない人生は辛い

人はいつでも、多分人生の最後まで、おおまかな流れには流されつつ、ほんの小さな部分では、意図的に目的を持って生きる方が楽である。
目的がない人生ほど辛いものはないだろうと思うからだ。

『人間にとって成熟とは何か』

今日一日、自分の心を見つめる

それより私は、人間は今日一日で完結する自分独自の美学があっていい、あるべきだ、と思っている。

今日一日、私たちが自分の心に照らして、譲るべきではなかったこともあるだろう。

或いはなおざりにしていてはならないこともあるだろう。父や母に孝養を尽くすこと、職場で不正を強いられてもそれにできるだけ静かに抵抗すること、困っている人を助けること、そうしたことが実はすべて平和に繋がるのである。

平和運動が、戦争の悪を語り継ぐことだけであるはずがない。

或いはデモに参加することではない。戦争を忌避するというのに、親を放置しておいて、何が平和かという感じだ。老年にとって、また死に至る病にある人にとって、半世紀先の平和より、今日の美学や幸福を一日ずつ全うして生きる方が先決問題だ。
死を目前にして、自分の生き方が端正なら、それはどこかで平和にも人間愛にも必ず繋がっている。

『晩年の美学を求めて』

本当の意味で強くなる方法

本当の意味で強くなるにはどうしたらいいのか。
それは一つだけしか方法がない。
それは勝気や、見栄を捨てることである。

『コロッケとタクアンの贅沢』

すべては想定外だと知る

花という奴は、約束を守らないものなのだ。人間は花以下だから、そんなことさえも無理強いはできない。
だから「想定外を許してはいけない」などという思い上がったことを言わないことだ。桜の開花も、筍の盛りの時期も、松茸の採れ具合も、ほとんど毎年、想定外だと言っている。

『私日記〈8〉人生はすべてを使いきる　悪い運もいい運も』

流されながら、どう生きればいいのか

シスター、今になって気がついたのですが、そのような生き方の姿勢は信仰とも関係があるのではないでしょうか。

私の生活に努力がないのでもありませんが、私はむしろ流されながら、私にどのような生き方をお望みですかと神に訊きたいのです。流れに棹さして行けば、どうしても水音が高くなりますでしょう。

そうすれば、私の問に答えてくださる神のお声も、聞こえなくなってしまいそうなのです。

『この悲しみの世に』

大勢とは反対の方角にいってみる

生き延びるために行きたくない道を歩け、と言うのではありません。何でもいいから、大勢とはとにかく反対の方角で、しかも少し自分が好きなことをできたら、確実に生きられるだろう、と思いますね。人間は思いのほか、流行に動かされているものです。

しかし冷静に考えてみると、「自分は、ほんとうはそんなことを望んでいなかったんだ」とわかってきたり、逆に思いがけなくこういうことも好きだったのか、と自分を発見したりする。

世間の評判や人気に関係なく、その人が持っている才能や性格にもっとも合った仕事を見つけないとダメなんですね。

『思い通りにいかないから人生は面白い』

何事もすぐに答えを出さない

何事もすぐに答えを出さずに、世の中の流れの中で流されながら、方向を見極めていくのもいいという教訓なのかもしれない。

『私日記〈1〉 運命は均される』

中心になる軸はしっかり持つ

人間も世の中も中心となる軸、芯がしっかりしていないと、そこから外れているという意識もなくなっていきます。その意味では、絶対多数にはそれなりの価値があるのです。例えば、なぜ男性は皆ネクタイを締めるのか。首の周りに細長い布を巻きつけるのは、見ようによってはおかしなことかもしれません。しかし、それは人として世の中に対する妥協なのです。ネクタイを締めていることで、自分は相手に対して慎ましい気持ちでいる、相手と会うのが不愉快だとか攻撃的な気持ちではなく、きちんと応待しようという気持ちでいることを伝えられる。会う人全員の心の中を確かめられないからこそ、男性はネクタイを締め、女性もきちんとした服装をした方が人当りが優しいんですよ。

『人間の基本』

人間の使命は不平等を生きること

不運や病気は当人の責任ではない場合も多い。生活習慣病は当人の責任だが、多くの感染症や遺伝的に起きる病気は当人のせいではない。

そのような不平等を超えて、だから生まれて来た以上、生きることが人間の使命である。

そして人間は生かされ、同時に他者を生かすことのためにも働くようになる。

『人間にとって成熟とは何か』

流れにさからわない

足場というか、基本というのは、実に大切なものです。それがないと流されます。流されれば、自分を失いますし、死んでしまうこともあります。

でも今の日本は、足場や基本は問題でなくて、末端や外見が大切な時代になりました。それも時代の動きでしょう。私は卑怯者ですから、流れにさからうということもしないんです。

それでもそういう時に、ふと流れの傍に立って、半分立ち腐れのまま、川の中に立っている棒杭の姿に見とれることがあります。

『人びとの中の私』

悲しみにはどっぷり漬る

「悲しみは理不尽なものだからね。避けようとしても避けられない。避けないで、どっぷり漬るほうがいい。それでもう生きられないように思っても、やはり人間は生きているものなんだ」

『幸福という名の不幸』

いいも悪いも、人生は一度しか試せない

少なくとも私の作家としての心情は、風に揺られる蓑虫に似てはいた。ただし蓑なしの、みにくい虫である。それでも裸の蓑虫は、いわば絶対の自由を手にしているはずである。

世間は非常識を、その人にとっては運命のマイナス点と考えるようだが、私はそれを自分に与えられた幸福と思うことにした。

働き蟻になって毎日労働するより、蝉になって短い一生を鳴いて終わるのより、裸でぶら下がって風に吹かれる方がまだましか、と思うことにしたのである。

身勝手、という態度がいいというわけではない。

しかし、自分の生き方は本質的にも最終的にも、自分で決める他はない。誰もその責任を負えないのだ。いいから決めたというだけでもない。仕方なく決

めた、という場合も多い。しかしそれが人間の人生というものだ。いいも悪いも、人生は一度しか試せないのだから、いたしかたないのだ。

『想定外の老年』まえがき

自然に生きるにはふたつの勇気が必要

辛い目に会いそうになったら、まず嵐を避ける。縮こまり、逃げまどい、顔を伏せ、聞こえないふりや眠ったふりをし、言葉を濁す。

このような卑怯に逃げまくる姿勢と、正面切って問題にぶつかる勇気と、両方がないと人生は自然に生きられない、と私は思うようになったのである。

『悲しくて明るい場所』

人生は初めから終わりまで「通過」

人生は初めから終わりまで「通過」である。そこにその時々によって儀礼的なものが加わる。途上国の部落では、いろいろな通過儀礼が行われると、ものの本で読んだことを切れ切れに覚えている。

青年たちだけが集まって暮らす家で共同生活をしたり、高い崖《がけ》や樹から足を縄で縛って飛び下りたり、割礼のような外科的処置を受けたり、それぞれに当人にとってはいささか過酷な試練を経なければならない。

大きく流されない

錨のない船は流されるだけで、決して自分の意志を示す方向に自由に行ける、ということにはならない。

人間は万能ではないから、大きく流されないように、自分に自ら錨（規範）をつけ、その上で細部に途方もなく自由な選択を許されることを目論むのである。

『魂の自由人』

悲しむとき人は解放される

しかし人間は、ある部分は隠せても、全部を隠しおおすことはできない。むしろ、自分の中にある醜い部分、嫌らしい部分をはっきり意識して、そのことに悲しみを持つ時、自然、その人の精神は解放され、精神の姿勢もよくなる、と私は思うのである。

『悲しくて明るい場所』

組織も人もいつか消える

すべての人が、自分の生まれ合わせた同時代の、それも数年間か数十年間、お役に立って死ねばいいのである。

組織も人も、いつかは消えて当然だろう。

『神さま、それをお望みですか』

ものの考え方は不純がいい

私はものの考え方は不純がいいと思っている。むしろ小さなことでは不純を許す方がいいと思う。人間には、自分を疚しく思う部分が必要だ。自分は正しいことしかしてこなかった、と思うような人間になったら、それは眼が昏《くら》くなっている証拠だし、周りの者も迷惑する。

『悲しくて明るい場所』

深い闇を描くことで、光を描く

作家はいいことだけを書くのではない。

私のように残る人生の時間を、「悪人」や、世間が「悪だという事柄」を書くことに当てたいと決心している作家は、そんなことを言われたら、文字（文学ではない）を書くことができなくなる。作家は悪魔を書く必要もあるのだ。

ただ私は、興味で悪を書くのではない。印象派の技法で言えば、光そのものを描くことはできないから、深い闇を描くことで、光を描きたいのである。

『私日記〈1〉 運命は均される』

どん底からは、這い上がるだけ

Yさんは「離婚」しなかった。神の前で誓った結婚は解消していない。だから独身を条件にする司祭にはなれなかった。しかしそのまま助祭になった。式の中でYさんご自身、その当時が人生でどん底だったと挨拶された。しかしおもしろいものだ。どん底からは、人はもう落ちられない。這い上がる他ないのだ。

神という方は最大の作家だ。

メロドラマ顔まけの物語を作りながら、その悲しみも明るさも、軽いどころか、重く温かく、途方もない精緻《せいち》な筋書きで人生を描き切る。

『私日記〈3〉人生の雑事すべて取り揃え』

運命の不公平は均《なら》される

後年、私もまた一時期新人賞の選者をしたことがある。文学の世界には、何かつけ届けを受けたからその人の作品を推薦する、という空気は皆無だと言っていい。もちろん一定の表現上の才能はいるのだが、この作品を推《お》すか推さないかは、選考委員の好みにかかっていた。選考委員には大家《たいか》もいれば、私のようにまだ書き出して十年近くにしかならないという者もいる。大家が「僕はこれを推すね。うん、この人は間違いなくいいものを書くよ」と言われれば、駆け出しとしては何となく黙らなければならない空気は確かにあった。もしも私がそこで強硬に「私はこっちの方がいいと思います。間違いないです」と言い張ったら、時には議論の流れも少し変わったかもしれない。しかし私はこういう時、自分の考えを言い張れない性格だった。心の中で黙って「こっちの方が感動的な作品なのだがなあ」と思っても、周囲の空気を気にして黙っているのである。するると大家の推した新人が受賞することになる。二つの作品の間の差などほとんどないような場合でも、である。

やがて私は自分が無力であるが故に、受賞の機を逸した若い作家のことをあまり思わないようになった。

十年二十年と経ってみると、賞を受けても受けなくても運命に大した変化はないことがわかったのである。実力のある人は書き続けている。それを後押ししているのは読者であり、「最大の沈黙の批評家」である編集者たちである。一時の運命の不公平などこのようにして均《なら》される。

人間の予測は、常にはずれる

この地球が今後どんどん悪くなるだろうから、子供など生めない、生まれて来る子供もかわいそうだ、という人もいますが、私はそんなことを思ったことはありません。この地球は昔も今も、ずっと無残であり続けて来たのですもの。何も今に始まったことではありません。しかしその中に、人間の輝くような偉大さも埋蔵し続けて来ました。

人類はどんどん滅亡の方向に向うかも知れないし、そうでないかも知れない。人間の予測というものは、常にはずれますから。

人類が存続するということは、実におもしろいドラマですから、私もそれを望みますが、マンモスが死滅したように人類もまた滅亡したとしてもどうしてそれを不当だと言えましょう。しかし、その事と、たとえ明日は死滅の危機にさらされようと、生きるための努力をし続けることは全く別です。

たとえ叶えられない希望といえども、そのために働くのは、人間の美学の問題です。それが生きること、そのものなのですから。

人間は妥協で生きている

人間は誰一人として理想を生きてはいない。
理想は持ちながら、現実は妥協で生きている。

『二十一世紀への手紙』

深くは執着しない

だから、私はいつもたくさんのものを性懲りもなく望んではいるが、そのどれにも深くは執着しない。

『悲しくて明るい場所』

第二章

自分の運命をフルに使う

努力が七十五パーセント、運が二十五パーセント

私は、かねがね、人生は努力半分、運半分と思っています。

体験から言えば、努力が七十五パーセントで、運が二十五パーセントくらいの感じですが、人生は、運と自分のささやかな生き方の方向付けというものの相乗作用のような気がします。

状況を楽しく利用する

しかし私は長い間自分と他人の人生を見て来て、運命を操作できる部分と、できない部分とがあることをはっきりと知るようになっている。

それで私はかなり若い時から、時間や運命に抵抗するより、現実に与えられた状況をどう楽しく利用できるかという技術を身につけることにしたのだ。

『言い残された言葉』

運の影響を受けない人生はこの世にない

それ以外に方法がないことについて、人間は深く思いをかける必要はないのであった。自分が努力しなかったから、ことがならなかった、というなら、反省も必要であろう。

しかし現世には、れっきとして、運に左右される部分があった。今、学校では、運というものの存在を認めないような教育をしているという。運が悪い、と言って諦めるような姿勢は、政治の貧困や社会悪を認めることになる、と教えるのだと、噂に聞いたことがある。

しかし雪子は運の影響を受けない人生がこの世にあるなどとは、想像することもできなかった。

『天上の青』

人生は予測できない

私はこの世に「安心して暮らせる」状態などないこと、生きることは運と努力の相乗作用の結果であること、従って人生に予測などということは全く不可能であること、しかしそれ故に人生は驚きに満ち、生き続けていれば、びっくりするおもしろいことだらけだと、謙虚に容認できるようになった。

『至福の境地』

どんな生活も、人間を鍛える

私は、子供時代の精神的な圧迫のおかげで鍛えられ、その後の暮らしには何だって耐えやすくなりました。忍耐できるということは、すばらしい自由の手段ですからね。

それに、その時人間観察の基本がつくられたんでしょう。

私は両親の暮らしを見ていて、人間の生涯というものは、どう考えてもろくなものではなさそうだ、と思いましたから、それ以後、不幸にあまり動揺しなくなったんです。

何ごとにも一歩下がって見る癖がついたのです。すると、人間のどんな生活にも、悲しいけれど、人間を鍛える面があるということがわかりました。

『思い通りにいかないから人生は面白い』

修羅場が人間を変える

今年もまた、三月九日から十日にかけての東京大空襲のことを私は思い出す。叔父の一人と同い年のいとこの一人が焼死した。十三歳だった私も、その夜のうちに爆弾の直撃に当たって死ぬだろう、と思っていた。

ああいう修羅場を通り抜けると、どんな人間も少し変わる。まともな弱さを自覚し、運命を受諾する感覚をもった人間になれる。

『私日記〈7〉 飛んで行く時間は幸福の印《しるし》』

人は自分の運命をフルに使う

よく、運命は変えられると言う人がいます。それでもいいのですが、私は変えられてもほんの少しだと思っているんですね。百八十度の転換ができるものではないけれど、進む方向を十度か二十度曲げることはできるかもしれない。正面に大きな岩があったら、十度か二十度曲げれば、岩にぶち当たらなくて済む、という可能性はありますものね。しかし、運命を完全に変えることなど不可能ですし、運命に逆らうことはできないと思います。人それぞれに運命がある。ということは、一人一人が個性的であるということでもあるんです。だから、人とは違う運命を甘受していく。つまり、自分の運命をフルに使う。それしかないと思います。

運命を認めないと、人生にいい香りがしてこない

私は思い通りにならないことを容認できることで、人間はふくよかになっていくと思います。運命を認めないと、人生にいい香りがしてこない。しょった言い方をすれば、それぞれの運命をむしろ土壌にして自分を伸ばそうとする時に、多くの人は運命を変えて偉大になるような気がします。

『思い通りにいかないから人生は面白い』

結果の背後に理由はない

まだ生まれていない胎児は、善も悪もなしていないのだから、因果応報で、いいことをしたから生かされ、悪いことをしたから死んだ、というものでもない。親の因果が子に報い、という言葉もあるが、それも彼は信じなかった。

それにもかかわらず、或る子供は望まれ待たれ、或る子供はそうでなかった。すべての行為と、事の結果の背後には理由がある筈だと信じている人間は、そこではたと当惑してしまう。

『神の汚れた手』

酔狂に生きる覚悟

私は自分が小説を書くという決心をした十代の終わりに、「酔狂」な人生を送ることを選んだ。当時は小説家になるということは「カフェの女給に身を落とすこと」と社会から思われていたから、「酔狂」で説明する以外、自分の行動を説明する方途がなかった。

しかし酔狂などというものが言葉としても消え失せ、その深い意味合いなど一顧《いっこ》もされなくなった時から、日本人は自己責任も、信念も、美学も、失ったのである。

『哀しさ優しさ香しさ』

中年以後は、人の運命に手を差し延べる

もう結果を人のせいにできる年ではないのだ。普通の人なら、親と離れてからの時間の方が長い。たとえ親がどんな人であろうと、その間に充分自分自身を育てる時間もあったはずだ。

中年以後がもし利己的であったら、それはまことに幼く醜く、白けたものになる。老年は自分のことだけでなく、人のことをも考えられる年だ。自分の運命だけでなく、人の運命さえも、もしそれが流されているならば、何とかして手を差し延べて救おうとすべき年齢なのである。

『中年以後』

どんな仕事にも終息の美学がある

止めるのは、恥でも何でもないことです。物事にはすべて潮流というものがあり、扇子屋も墨屋も事業自体が悪かったわけではなく、世の中が、時代が変わってしまったのです。人間がいつかは死ぬのと同じように、どんな仕事や事業にも終息の哲学と美学がありますね。

何百億もの赤字といっても、一部の人が巨額の横領をしたとか、従業員がうんと怠けたわけでもないのですから、全然恥ではありません。誰かの責任を問うのではなく、事業としての運命を受け入れる勇気があるかどうかの問題です。

仕事は水の流れのように続く

仕事は水の流れのように続いているんです。いつ終わるでもなく、流れが枯れることもない。老人ホームが高齢者社会の解決のように思えて、大きな建物が要ると思っていた時期もありますが、最近はグループホームのような小さなものがいい、ということになってきました。

きっと夕食になるといきなりサンマの塩焼きがテーブルに並べられるんじゃなくて、まずサンマを焼く煙がほしいということになったんでしょうね。いいことね。現実も大切だけど、匂いも大事ね。

『日本財団9年半の日々』

生きる時間は決まっているから、できるだけ楽しい生活を持つ

毎年、今年は何をしようという決心などしたことがないのは、決心しても続かないし、予測してもその通りになったことがないからだ。ただ強いて心に決めていることと言えば、私が暮らしている東京の家の毎日の生活を、できるだけ楽しくしようということ。

最近、こういうことは大変大切なことだ、と思えて来た。人が生きる時間は決まっている。その時間が楽しいか、インインメツかで、生きていることの意味が違う。私たちの生活は小さな幸福に支えられているわけだから、ほんのちょっと楽しくしたい。

『私日記〈2〉現し世の深い音』

誰も運命の連鎖の外には出られない

私はいつも思う。かつて地球が生成してから、どれだけの数の人間が生まれたか知らないのだが、そのすべての土地が、多分誰かの埋葬の地なのである。私たちは死者の墓の上に生まれ、そこで育てられ、そこで終焉の時を迎える。それ以外の運命を生きる人はいない。

「私は一人ぼっちだった」

「私は見捨てられていた」

という人もいる。しかし実はそんな人はいない。すべての人間は、誰かに愛されたから生まれ、誰かと繋がることで育ち、誰かに導かれてこの世を去る。その連鎖の外に出ることはできないのだ。

『人間の愚かさについて』

頑張る人間は美しくない

しかし、実を言うと、目下のところ私は頑張るのが好きではない。なぜ好きではないかというと、そこに人間としての無理が来るし、無理をしている人間は、美しく見えないからである。（この場合の美しいということは、外観の美醜ではなく、もっと総合的な人間の姿であることは言う迄もない）

『私日記〈2〉現し世の深い音』

誰かが見ていてくれる

昼から毎日新聞社で「ふるさとの主張・コンクール」の審査会。厳しい選考委員もいるが、私はこと文学に関しては、たいていおもしろい作品があり、かなり甘い点をつけたくなる。昔は新人賞の選者もした。私は自分の推す人に強力に肩入れをできない性格であった。だから私が好きな作品を書いた人は入選を逸する。しかし運命は、たいていすぐ均される。一番の目利きは、作家でも、文芸評論家でもなく、黙って選考会の席に座っている編集者たちだから、新人賞で賞を逸しても、才能さえあれば必ず誰か編集者が拾い上げて育ててしまうものなのだ。だから、あまり厳密に運命を考えることはない、と私は考えている。

『私日記〈1〉 運命は均される』

「あっという間に時間が経つ」のは幸福

月日の経つのが早い、とことに高齢者は言う。しかしそれは幸福な証拠なのだ。何ごともなく、むしろ順調な生活をしているから、あっという間に時間が経つ。痛い時、辛い時、時間はなかなか経たない。私は足の骨を折った時、はずれた踵《かかと》の骨に金串のようなものを刺して、それに錘《おもり》をかけて牽引《けんいん》する応急処置を受けた。怪我したところに金串を刺して引っ張ったらさぞかし痛いだろうと思うが、それで骨が元のところに納まって痛みが消えた。それなのにまだ手術前、その錘がはずれたことがある。そのとたんかなりの激痛がぶり返した。処置をしてくださるドクターを見つけるまで、たった四十五分だったのに、私には長い長い時間だった。飛んで行く時間は幸福の印である。

『私日記〈7〉 飛んで行く時間は幸福の印《しるし》』

何かを知り尽くすことなどできるわけがない

二十年前、突然私はTさんからもうつき合わない、と言われた。私には全く理由を言わなかった。その頃から、私は自分が捨てるのではなく、捨てられるのは気楽だ、と感じるようになっていた。他の多くの友達が性格の悪い私を見捨てないでくれたのは、何と寛大なのか。

長い年月の果てに去年、私は再びTさんから電話をもらい、自分の再発した癌はもう不治だという宣告を受けたので、東京近郊でホスピスに入りに来たのだ、と告げられた。穏やかな口調だった。

絶交の時も今度も、Tさんの方から通告されたのだ。私はまたそれをそのまま受け入れることにした。二十年前、何を怒られたのかわからずじまいだが、私はそれでかまわなかった。
人生で、何かを知り尽くすことなどできるわけがない。坂谷神父の「(人間に)誤解されるのはどうでもいい」という明快な言葉が、改めて輝くように私の心の中で響いた。私にも神がいてよかった、と思った。

『私日記〈3〉 人生の雑事 すべて取り揃え』

運命を受け入れる

私たちが苦しむのは、何の理由だろう。

もしも、私が、生まれた時以来、ずっと森の中で一人で生きて来たのなら、私は恐らく、裏切りや、憎しみという言葉を知らずに済んだであろう。

その代わり、愛や、慕わしさ、という表現も知らなかったろう。飢え、寒さ、疲労、眠さ、恐怖など、動物と同じ程度の感情は分け持てても、人間しか持ち得ない情緒とは、無縁で暮らさねばならなかったと思う。


『黄昏の中の灯火』

幸運はけっして当てにできない

誰もいない後半生を自分が生きる姿を、私はいつも一人で想像して来た。その上さらに車椅子の生活になっている自分、視力が衰えてしまって見えない自分、お金のない自分、難病を抱えている自分も夢想した。

生きていれば、家族の誰かが支えてくれるかもしれない。しかしそれは「当然のこと」ではなく類稀れな「幸運」なのである。不運は簡単にやって来るが、幸運はけっして当てにできない。

私は三十代に鬱病になり、十年近くかかってこれを脱した。五十歳前後に視力を失いかけて、作家の生活を諦める場合の心の準備もした。そして既に今は八十歳まで生きて来て、一つのご褒美をもらった。それは五十歳の時ではなく、今視力を失っても、残り時間があまり長くなくて済むということであった。

『老いの備え　人生の後半をひとりで生きる言葉』

運が悪い日は、必ずある

人々はまだ運と共に生きている。

運が悪い日は必ずあるのだ。

その日はすべてを諦めて、苦痛に耐え、膝を抱いて座っているほかはない。家畜のように寝ころんでもいい。

そして一日ができるだけ早く過ぎるように祈る。しかし自分が死んだり、家族が病気になったりすることを思えば、飛行機や列車が遅れるくらい、大したことはないと納得する。

私の友人は「新幹線での生き残り方法」を教えてくれた。

もし新幹線が駅以外のところで止まったり、徐行したりする徴候を見せるようだったら、真っ先に弁当を買いに走る。

お腹が空いていなくても、食事時間でなくても、とにかく弁当と、ついでにできたらビールも買い込む。列車が止まれば、弁当とビールがすぐ売り切れになることは目に見えている。

列車が止まったら、ビールを飲んで眠る。

眠っていると時間の経過が気にならない。人が持っていないビールと弁当を確保しているというだけでも、けちな優越感を楽しむこともできる。

『正義は胡乱──昼寝するお化け4』

人間は千差万別

もし自由が尊く、本当の自由を保とうとしたら、当然、人間はその中で千差万別になって行く。

少なくとも個性を持つ人ならそれが当然である。

しかしそれを超えて、私たちは生きていかねばならない。


『一人で生きていく』

運はあるとも言えるし、ないとも言える

果たして人生には運というものがあるだろうか。

こう言うと、答えは、あるかないかの、どちらかに決めねばならないようだが、私はそうは思わない。あるとも言えるし、ないとも言える。

『ついてない若者たち』

第三章

人づきあいは成り行き

評判は最初から悪いものにしておく

評判などというものは、よくしておこうとするからエネルギーがいるので、最初から悪くしておけば、こんな爽快なものもない。

『天上の青』

人間関係は距離を置く

人間関係もそうであった。深く絡み合ったら、お互いにうっとうしくなる。世間の風が無責任に吹き抜け、お互いの存在の悪を薄めるくらいがちょうどいい、と私は思ったのである。

もちろん一生に一人や二人、自分の存在によって迷惑をかける人が出るのは致し方ないが、重い関係になるのは、相手に悪いからできるだけ避けた方がいい。

風が吹き抜ける距離を置くというのは、最低の礼儀かと思ったのである。

『風通しのいい生き方』

相手を完全に理解することはできない

私たちは相手を完全に理解することなく付き合い、心の奥底までをわからないままに死んで行く。その虚しさを、私は最近、自然で優しい関係だと思うようになったのだ。

友達と付き合う時、だから、深く相手のことを考えず、相手の望むことだけをしようと思う。そして最期まで相手を深く恨んだり、相手の迷惑も考えずに深く愛したりせず、静かに無言で死んで別れて行きたいと思う。

それができれば、多分私の生涯は、成功だったのではないかとさえ思うのである。

『生きる姿勢』

たいていの人が苛められた体験をしている

何が苦痛だと言って、人間関係の軋轢《あつれき》くらい辛いものはない、と昔から人は言う。地球上には七十億人もの人間がいて、私たちがじかに接するのは、そのうちのせいぜいで数百人くらいだろう。中には人嫌い、人間恐怖症という人もいて、ボーイフレンド一人いないという投書を読んだこともあるから、そういう人は、言葉を交わすという程度の形で接触のある人は十人以下ということもあるかもしれない。それでも人間関係の問題は起きる。或る日タクシーに乗ったら、その運転手が言った。

「いろいろ仕事の上での文句はあるけど、タクシーっていうのは、一度会社を出てしまえば、もう同僚にも上役にも会わなくて済むからね。それがいいんですよ」客として会う人とは、言葉を交わしても十分かせいぜいで一時間、おろしてしまえばそれで関係は終わり、というすがすがしさであるのだと言う。だからタクシーを続けているのだが、「最近の情勢では、タクシーの稼ぎだけでまともに食える人はいなくなったね」という話だった。

人間にとって、他者の存在というものは一体なんなのだろう、と私はいつも思う。たいていの人が、苛められた体験をしているが、それを語る人たちは、のうのうと生きていて、学校時代や就職して間もなく、ひどい目に遭ったことなどを、おもしろおかしく語っている。

人を見下すも見上げるもない

見下すも、見上げるもない。人間にはそれぞれにまったく違う資質を与えられ、それがオーケストラの一つ一つの楽器のように、社会というオーケストラを構成するのに必要なのである。
ヴァイオリンは大切だが、ヴァイオリンだけではオーケストラにならない。

『私の中の聖書』

苦手な人からは自然に遠ざかる

人生で「捨てる」ことと「遠ざかる」ことは、ほんとうに大切なのである。ことに嫌いな人、嫌われた人（自分は好きでも）から、自然に遠ざかることができれば、それは恨みではなく、爽やかな思い出に変わる。

『私日記〈7〉飛んで行く時間は幸福の印《しるし》』

自分と違う性格の人がいるのは素晴らしい

本当にこのごろ私はこの世に自分と違う性格や才能の人がいてくださるのは、なんというすばらしいことだろうと思うようになりました。私のようにいっぱし文句はつける癖に、最後のところへ来ると「どっちへ転んでもいいや」と思うような人間ばかりいたら、世の中は少しも進んで行きません。この際、どうしてもこのことを成し遂げるのだという執念を持っていらっしゃる方の開拓された結果を、私たちは享受《きょうじゅ》させて頂いているのです。ですから私が時々はしたなく悪口をいう方にも、実は心の中では、深い感謝を持っているということは本当です。そのようなことがわかるようになるまで、やはりかなり長い人生の時間がかかったということです。

『旅立ちの朝に──愛と死を語る往復書簡』

家族関係を風通しよくする方法

風通しよく生きる方法は、それほどむずかしくはない。
家族の一人があまり強烈な我を通さず、物事に執拗に固執せず、諦めと共に、淡々と、家族が大して辛くないことだけを願って生きれば、多くの場合、その関係はうまく行く。

『風通しのいい生き方』

他人のことをとやかく言わない

他人のことはわからないと思って判断を放棄するのは、現代における一種の抵抗であり、誠実だとさえ私は思っている。判断の対象になるのは、その人の書いたものだけだ。

「テレビで喋ったこともまあ正しく伝わるかしらね」と或る時タレント教授の一人に言ったら、テレビ局でさえ会話の一部をおもしろおかしく切り取るので、意味が全く逆に伝わることもあるのだ、と教えてくれた。私はめったにテレビに出ないので、そういう現実を知らなかったのである。

やはり私たちは当人が自ら書いたものだけを資料とすべきだろう。

『沈船検死——夜明けの新聞の匂い』

死んでも精神の自由を選ぶ

精神を解放して、真の自由を手に入れるためには、他人にかげ口をたたかれ、誤解されることも覚悟の上でやらねばならない。

それが全体主義国家の場合などには、自分を解放して、真の自分として生きることは、多くの場合不可能であり、やり通そうとすれば生命を落とすことにもなる。

しかしそれでもなお、たくさんの人が、そのようにして精神の生命を選んで、肉体の生命を捨てた。

『人びとの中の私』

筋を通さない

東京美術倶楽部の骨董市《こっとういち》で、永楽の桜のお猪口《ちょこ》を買った、と思ったら牡丹《ぼたん》だという。色のかわいさがたまらない。

もう何も要らない、捨てることだけが大切ということばかりを感じてはいるのだが、まだ生きているうちに何も買わなくなると、またあまりに偏頗《へんぱ》な人生になりそうなので、時々こうしてでたらめをする。

それに私は筋を通すことがあまり好きではない。

『私日記〈7〉飛んで行く時間は幸福の印《しるし》』

正義を振り回すと、真実が見えなくなる

この世のことは一筋縄ではいかないから、単純に正義を振り回すと、真実が見えなくなる。

『近ごろ好きな言葉』

「小心さ」は大変有効なもの

私は小心な人間です。そして私は、その自分の「小心さ」がわりと好きなのです。なぜなら小心さ、ということは極めてこっけいで人間的であると同時に、社会の一隅でひっそりとしていられる才能として大変有効なものだからです。

それから又、大胆とか勇気とかいうものは、恐らく小心さに裏うちされているものでしょう。とは言っても私が大胆だとか勇気があるとかいうことではありません。

『旅立ちの朝に　愛と死を語る往復書簡』

選ばれることは苦しみの始まり

選ばれるということはいっとき名誉かもしれないが、後にはむしろ苦しみの連続が待っているだけである。

『心に迫るパウロの言葉』

人間関係には期限がある

私が幼い頃から通っていた学校では、幼稚園の入り口と小学校の入り口は、二つ並んで別々なんです。アプローチの道も別ですけど、二つは一目で見られる。私たちは一年生になって初めて小学校の玄関へ向かって歩いていく時、どうしてもついこの間まで通っていた幼稚園の玄関を見ていたんです。するとシスター・スタックが縞《しま》の大きなエプロンを着けて（私の記憶の中ではね）、幼稚園の玄関を箒《ほうき》で掃いていらっしゃる姿が見える。私たちは、

「シスター！　シスター！」

って叫んだんです。懐かしくなってね。でもシスターはちらとこちらを見ただけで、手も振らなければ、懐かしそうな顔もしない。その光景の意味が間もなく私にはわかったんです。シスターは自分に責任のある間だけ、一生懸命子供

たちを見た。しかし卒業すれば、それでもういいんです。自分の教えた子だから気になる、というのは、自分の功績を追いかける気持ちと関係があるんです。それが契約というものなんだ。

神との契約です。最初から期限つきです。

この世自体が期限つきですからね。だからすべてのことが、別れというか辞去というか、関係を解消することを前提としている。

第四章

病気も不幸も仮初《かりそめ》

健康は仮初《かりそめ》のもの

しかし考えてみると、私たちは健康だから死なないのではないです。健康というのは、あくまである瞬間までの仮初《かりそめ》のもので、その次の瞬間には、もう動いている心臓が止まることも、ごく自然なことなのだと思います。早く死んでいいということはありませんが、私たちは、一定の年になったら、もう明日は生きていないかもしれないという予想のもとに一日一日の始末をしておくべきなのでしょう。

『旅立ちの朝に―愛と死を語る往復書簡』

病気は有益

武蔵野市で日本病院学会の講演。聖母マリアの奇跡を希って、町中に病人が溢れているフランスのルルドという町のことについて少し触れる。人間は、健康と病気と込みで人生を生きていることをこの町は感じさせる。ヒポクラテスも書いている。

「賢い人間は健康を最も大きい祝福と考え、病気は思考において有益なことを考える時だ、と知らねばならない」

『私日記〈1〉運命に均される』

体を疲れさせれば不眠症もなおる

一九六二年マリリン・モンローが死んだ時、私は不眠症だった。そしてモンローも睡眠薬の常習者だったと言われていた。

モンローの死を知った時、私はつきものが落ちたような気がしたのだ。睡眠薬中毒で死ぬなんて言うのは、ああいうスターだけに許されるドラマであって、私のような駆け出しの作家は、不眠症になったというだけでもしょっているようで恥ずかしい。それが私が不眠症から立ち直るきっかけになったのである。

今の私なら回復への方法として、へとへとになるまで畑仕事をしただろうと思う。しかしその時、私は美術館巡りをした。毎日毎日脚を棒にして美術館を歩き、人間はやはり単純にできているから、それで疲れて夜になると眠いような気がし始めたのである。

『それぞれの山頂物語』

病気は深い哲学を育てる

午後一時過ぎの飛行機で大阪へ。

夕方六時から神戸のホテルで行われている、二分脊椎すいとう症と水頭症の国際学会で、一般の方たちに、人生における病の意味を講演することになっている。

生まれた時から、こういう病気を持っている人たちとその家族は、必ず深い哲学を持つようになる。

『私日記〈1〉 運命に均される』

理由がなくても病気にはなる

人間の意識下の領域は自分でもわからないけれど、私は健康で自然な生活をして来た。何しろ菜っ葉までうちの庭で採って毎日必ずお惣菜のおかずを作っているのだから、質素でいいものを食べているはずだ。その間、それとなく避けた人間関係はあるけれど、深く人を恨んだり怒ったり争ったり、職場を嫌ったりした自覚が全くない。それどころか、私は楽しい友人たちと、長年付き合ってもらって来た。作家としての仕事も、書くことがないという苦労もなかった。今持っているテーマを、のろのろとぼとぼ、一つずつ書いて行って、時来れば未完のまま、書き残して死ぬつもりなのだから、この上なく自然だろうと思う。

病気になる理由がほとんどないのだ。それなのに、空咳くらいで日本の医療と名医のお世話になる。微かに罪悪感を覚えずにはいられない。

『私日記〈6〉 食べても食べても減らない菜っ葉』

悩みのない不幸

もし人間が、自分の体の不備や人と比べて劣った点をすべてなおすことができ、飢えや貧困に悩まされることがない、ということになったら、その時の不幸は、どのような学問や医師の力をもってしても治療できないほど深いものになるでしょう。

『近ごろ好きな言葉』

長生きしたらどうするのだろう

四時半、『静岡新聞』の新春座談会。石川知事から「お茶の粉砕々」というお茶を粉にして飲む機械を頂く。

早速家に帰ってやってみると、挽き具合もいいし、すっかり好きになる。緑茶何杯かと蜜柑二個とで、健康は保たれる由。

日本中が病気をしないのはいいけれど、皆が長生きしたらどうするのだろう、とこのごろ反射的に考える癖がついた。

病人にも任務を引き受けさせる

一九四一年にアウシュヴィッツで人の身代わりになって死んだマキシミリアノ・マリア・コルベというポーランド人の神父は、修道会を作った時、集団生活の中で、病人の見舞いをすることを非常に大切な仕事と位置づけた。しかし同時に病人にも仕事を課した。

他の健康人は、働くのに忙しくて祈りをなおざりにすることがあるかもしれない。

だから病人が、そういう人々に代わって祈りを引き受けるようにというのである。

病人にも任務を引き受けさせるということは、なんという優しさだろう。

『私日記〈8〉 人生はすべてを使いきる 悪い運もいい運も』

病気にも不幸にも意味がある

幼い頃から今まで、両親の不和や戦争の体験、不眠症に苦しんだ日々はありました。五十歳を前に、仕事のし過ぎとストレスから失明しかけたこともあった。

家族の問題も戦争の体験も、なければない方がいいに決まっています。

でも病気も不幸も、人生で与えられたことにはすべて意味がありましたね。

無駄なことは一つもなかったと思っています。


『この世に恋して』

年をとると人生の達人になる

千葉の知人から新鮮なお魚を送られたので、白金の友人の家で会食をする時、カレイの煮つけを持って行く。

皆、自分や配偶者が病気をする年になった。しかし同時に人生の達人にもなっている。

皮肉なものだが、深く喜ぶべきことだろう。


『私日記〈6〉食べても食べても減らない菜っ葉』

孤独に強い人間になる

本当にその対象に興味をもてば、一人でうちこむものである。恋愛や、情事を、友達と連れ立ってする者はいまい。（中略）

一人で遊べる習慣を作ることである。

年をとると、友人も一人一人減っていく。

いても、どこか体が悪くなったりして、共に遊べる人は減ってしまう。誰はいなくとも、ある日、見知らぬ町を一人で見に行くような孤独に強い人間になっていなければならない。

『完本戒老録』

人はいつ死ぬべきか

栄誉の中にあった人も、時には一挙に汚名を受ける運命になることもある。健康で輝かしい評判の中で死ぬことこそ、人間の死に時だという考え方もある。

しかし人がいつ死ぬべきか、だけは答えが出ない。

死に時に関して考えたり決めたりすることだけは、人間の分際を忘れて人生を弄ぶ行為のような気がする。

『沈船検死──夜明けの新聞の匂い』

痛みを止めてもらえない不幸

たぶん蛍という虫は徹底して文明を嫌っているのだろうと思いました。

今では私は、文化の恩恵に浴しながら蛍も見るということは、どだい無理なんだと思いかけています。

多かれ少なかれ化学物質の影響を受けた土地では蛍は決してこれほど見事に増えはしないのです。

私たちはおそらく電気を取るか蛍を取るかという選択をしなければならないのでしょう。

蛍の光に溢れているような土地では、人間は病気を治してもらえないんです。病気になって死ぬのはいたしかたないと私は思っているのですが、それ以前に痛みを止めてもらえないという暮らしがあるということは大きな不幸です。

サハラ砂漠以南の南アフリカの手前までの広大なアフリカの悲しみは、マラウイなどが示している平均寿命四十七歳という短い命よりも、生きている間に痛みと苦しみを止めてもらう方途がないことだと私は教えてもらったのです。

『この世に恋して』

老人といえども、甘えてはいけない

私は老人にきつく冷たいと言われたことがある。老人といえども、甘えてはいけない。できる範囲の中で働かなくてはいけない、と書いたことがあるからなのだ。老人は労わられることが好きなものだが、それだけは心して避けなければならないのである。もちろん状態によっては、労わられる他《ほか》はないことにもなるかもしれないけれど、動物としては最期まで自分で餌を取る義務があるのだ。それができなければ、ライオンでも餓死をする。

もちろん人間社会にはもっと温かい労りがある。家族に病人や体の不自由な人がいれば、食べたいものを用意し、身体が苦しくないように皆で考える。しかし病人といえども一人の人間なのだから、するべきことをしなければならない。

『私日記〈8〉 人生はすべてを使いきる 悪い運もいい運も』

癌は不思議な病気

ガリラヤ湖畔の光溢れる教会の庭で、K夫妻の洗礼式。
K氏は癌を病み、将来に不安を抱いている。
しかし癌だけは、健康な人が突然冒され、諦めていた人が生きる不思議な病気だ。
決めるのは神のみ。カモメがお祝いを言いにか岸に近づく。

『私日記〈1〉運命に均される』

楽しいと病気は治る

キブツが経営している「ノフ・ゲノサレ・ゲスト・ハウス」にはブーゲンビリアの花も盛りで夢のように華やかだが、夕食の時、もう一台の車椅子のCさんの手首が、回転できるようになっていると、ご当人が話される。私にはそれがどれほど信じ難いことなのかわからないのだが、総じて楽しいと病気は治る、という原則があるようだ。当然のことだが、リハビリはつまり楽しくないのである。

「絶対」という言葉を使う人は嘘つき

それと同じで、ひたすら長寿だけを達成しようとした医学も、「想定内」の結果をおざなりにした責めを負うべきだろう。

いまだに学校では、多分人間の老いも、その結果としての死も、まともに教えていないだろう。だから私たちは独学で、この絶対に必要なことを学ばねばならない。絶対という言葉は使ってはならない、と子供の時からよく母に言われた。ほんとうにその通りだ。

「私は絶対に嘘をつきません」という人は多分嘘つきなのである。しかし現在のところ、「絶対」を使っていい場合が少なくとも一つある。その一つが、「人は絶対に生き続けることはない」ということなのだ。

『想定外の老年』

健康な人と病気の人をわけること

ものごとが見えないので健康な人と、ものごとが見えるので病気になっている人だけが増える。

『流行としての世紀末―昼寝するお化け2』

第五章

死はさりげなく……

死はさりげないのがいい

私にとって人間の死の最もきれいな姿は、風のようにあとかたもなく消えることで、死後の名声を願う気持ちが私にはまったくわからない。

私は昔は伝記的小説を読み、それを楽しんでいたが、ここに書かれた当人が生きていたら、不正確なことばかりなのでさぞかしおかしくて笑いだすか、怒るだろうと思うことがしばしばあった。

それは、私が自分について書かれた小さな記事を見ると、ほとんど正確であったためしがないことをみても明らかである。

だから私は、最近は不正確に決まっている伝記小説を読まなくなってしまった。

世の中には悪口でもいいから書かれたいという人もいるそうだが、静かに消えるのが私は好きである。小説家が年とってちっとも書かなくなり、そのうちに死んでいた、という経過は、考えてみるとなかなか粋《いき》な末路だと思う。すべて民草《たみくさ》の死はさりげないのがいい。

さりげない死に方ができてこそ、初めて雑草のごとき死の栄誉が与えられる。

『完本戒老録』

永遠の前の一瞬を生きる

「私たちは、永遠の前の一瞬を生きているだけです」

「この世は仮の旅路に過ぎません」

こういう言葉を子供の時から聞いて育ったのだ。自然、人間形成に大きな影響を受けても仕方がない。

生も死も、深くは信じない、という態度を私はとるようになった。仮に医師から、予後がよくない病気だと言われても、生きているうちは死んでいないのだ。言葉を換えて言えば、死ぬ日まで誰もが生きているのである。とすれば、今日は生に所属する日であって、生きながら死んでいる日ではないのである。

死は実にいい解決方法

今でも、死は実にいい解決方法だと思う場合がある。自殺はいけない。人殺しもいけない。しかし自然の死は、常に、一種の解放だという機能を持つ。痛みや苦痛からの解放だという場合もあるし、責任や負担からの解放である場合もある。周囲の人に、困惑の種を残して行くという点で無責任だという場合はあるが、死ぬ側にとっては、自然に命を終えれば、死は確実な救いである。

こうした死の機能を、私たちは忘れてはならないと思う。

どんなに辛い状況にも限度がある。つまりその人に自然死が訪れるまでである。期限のある苦悩には人は原則として耐えられるものだ。

『誰にも死ぬという任務がある』

死の時は、大きな贈り物

考えてみれば、誰もが公平に一度ずつ、人生を考えねばならない死の時を持つ、ということは、大きな贈り物なのかもしれない。

若い時にはお金と遊びのことだけ、中年になると出世と権勢と財産以外のことはほとんど考えないという人がいる。

しかしそういう人でも死が自分の身辺に近づいて来るという予感がすると、やはり思索的になる。そして思索的になる、ということだけが、人間を人間たらしめるのである。

『誰にも死ぬという任務がある』

死ぬ日までは生きている

この病気のことが気になるということは、どこか頭の隅で次の作品の構成と結び合わせているのだが、最近は必ず作品を完成します、と言えなくなった。その日まで生きていられるかどうかわからない、と考えているのである。

しかし死ぬ日までは生きているのだから、生きるつもりでいようと理屈をつけている。

『私日記〈6〉食べても食べても減らない菜っ葉』

一生かけて、その空洞を埋めて行く

人は生きている限り、自分の内面を充実させて行く。現代の人々は、エステに行って美容に気を使うことはするが、自分の心の内面に開いた空洞や虫食い穴のような欠点や空虚には、あまり恐怖を持っていないようである。私たちは一生かけて死ぬまでに、その空洞を埋めて行くのだ。それは動物としてではなく、実質のある人間となって死ぬためである。

どのようにして穴を埋めるかというと、考える、働く、学ぶ、遊ぶ、本を読む、旅をして体験を積む、深い悲しみと喜びを知る、というような手段を通じてである。エステに行き続けても、年を取らないわけではない。しかし心の空洞を埋められると、もしかすると心の柔軟さを保てて魅力的な人間でいられるのである。

『誰にも死ぬという任務がある』

死後の世界はもう孤独ではない

私のように高齢になると、死はすぐ身近な現実として、あちこちに見られる。つまり、あの人も死んだ、この人も間もなく死ぬだろう。そして自分自身も後十年は生きないだろう、という実感が迫って来る。

かつては、私の死ぬ時、私は誰もいない未知の土地に歩み入る自分を想像した。私は風だけが吹いている、無人の岸辺に立っているようなものだった。しかしこの年になると、死後の世界はもう孤独ではない。あの人もこの人も、既に向こうの世界に着いている。ややあ、お久しぶり。あなたは昨日お着きでしたか、という感じだ。だから来世は無人の岸辺ではなく、私にとって実に賑《にぎ》やかな風景に変わっている。

それほどはっきり思うわけではないが、私は少しその心境に近づいている。

私は自分を、凡庸《ぼんよう》な人間の運命の流れの中に置くのが好きだった。だから私はいつも考える。人にできたことなら、多分自分にもできる。

人が死ねたなら、多分自分も死ねる。生きている人はすべて死んだのだ。

この地球が発生して以来、四十六億年の間に、生まれた人の数だけ、死も存在したのだ。

人生の終息に向かう整理は楽しい

三戸浜（三浦半島）で暮らせる。空気には海や植物の生きた香りがする。庭を整備するのに、最近は少し心を使うことにした。松は手とお金がかかるので思い切って切り、プロテアと百日紅とドラセナを植えた。
どれも丈夫で虫もつきにくく、肥料も要らない。私は明らかに人生の終息に向かう整理をしているのだが、この作業がまたなかなか楽しい。

『私日記〈2〉現し世の深い音』

死に方は選べない

私は世界中で、尊厳死どころか、尊厳生がまず確立できていない、と思っている。尊厳生を見つけることとは、決して、国家政府の制度や組織の整備だけでは達成しない。どんなみじめさの中にあっても、個人の魂のあり方の方が問題なのだ。私は誰もがささやかな尊厳生を生きることの方が大切だと思っている。尊厳生が与えられれば、尊厳死の方は、大して問題ではない。

もちろん安楽に死なせてもらいたいのはやまやまだが、私の記憶の中には、一生ろくろく満腹したという実感さえなく生涯を終える人がたくさんいることを思うと、自分がどのような死に方をしても、文句は言えないと思っているところがある。日本人は、誰でも人として遇されて生きた。外国の悲惨と比べてみればはっきりわかることだ。

『私日記〈7〉飛んで行く時間は幸福の印《しるし》』

死があるから、本当に生きることができる

死を認識しているからこそ、限りある時間を濃縮して生きようとする。

また、死があるからこそ、自分のできることの限界を知る。物質的な豊かさを追い求めることなど、はかないものだとわかる。

そんなふうに死を意識して初めて、現世を過不足なく判断して生きることができるのです。


『幸せは弱さにある』

死にも時がある

自分が死ぬことを考えただけで、怖くてしょうがないという人は多いでしょう。コヘレトが言うように、「死にも時がある」と腹を括るしかないのですが、たいていの人は「死は遠いところにある」と思い込みたがります。

それで、死をできるだけ遠ざけておこうと、健康のことばかり気にして過ごすようになります。もちろん、健康あっての人生ですが、あまりに執着するのはどうでしょうか。ずっと死の影に怯えて暮らすことになってしまいそうです。

わたし自身は六十歳を過ぎて間もなくから、できるだけ医師にかからないようにしています。この年になると、年に一度レントゲンを撮ったり、検査で「それ、病気ですか?」と聞きたくなるような不具合を見つけられたりしても、あまり意味がありません。

それよりも、毎日ちゃんとしたご飯を食べて、寝るべきときに寝て、適当に文句を言うべきことがあったり、嬉しいことがあったり、家で冗談を言えたりするほうが、ずっと健康的だと思っています。

ちょっと体調の優れないときだけ、独学で学んだ漢方の薬を飲むようにしているくらいです。

行きたいと思っていたところで死ぬのが本望

人生は、生と死、健康と病気が、込みで存在する、ということは誰もが知っていることなのだが、それを日常性のうちに南仏の聖地ルルドでは実証している。しかし日本だったら、寝台車の病人をここまで運ぶ人はないだろう。

もし途中で死んだら、誰が責任を取るのですか、とそんなことばかり心配するからだ。行きたいと思っていたところに行く途中でもし死ねれば、それは本望で、他人を訴えるどころではないのだが。

『私日記〈2〉現し世の深い音』

毎日、心の決算をつける

昨夜帰国し、今日は私の古稀《こき》の誕生日。

「古来稀なり」だから古稀と言ったのだが、「今やざらなり」になった、と誰かが言っていたのを聞いたことがある。しかし現実を見ると、やはり七十歳という区切りは越えるになかなか恐ろしい厳しさを持っている。

「たくさん七十歳で死んじゃうんだぞ」

と朱門は言う。

だから毎日「今日までありがとうございました」と神さまに言うことにしている。明日のことはわからない、と自分に言い聞かせ、毎日今日で死ぬことにして、心の決算をつけている。


『私日記〈3〉人生の雑事　すべて取り揃え』

人づきあいは成り行きにまかせる

私は人との付き合いにさえ努力しなかった。有名な人とずっと親しくしようと願ったことはない。私がその人と付き合うべきかどうかは運命と周囲の力が決めることのように思えた。その場合でも私は経済的にも、知識的にも、社会的にも、爪先立ちして、相手からよく思ってもらおうとは考えなかった。

そんなことをしたら後が大変だ。

このままの私でも相手がおもしろい、と思って選んでくれたら付き合って頂こうと、多くの場合選択の成り行きは相手任せであった。

『中年以後』

再会するまでの時間を楽しむ

昔からの二人の友人が夕食に来る。皆、今年だけは日本流に言うと、新年を祝わないことになっている人たち。うちでは、お年始のお客はないのだが、いつも三日の日には、新年を祝わない人が、集まって喋る。ご主人や高齢の母上を見送られて、一人の生活を始めた人たちである。もちろん、ぽっかり開いた心の穴は埋めようがないけれど、二人共心ゆくばかり看護を尽くした人たちだから、思い残しはない表情でほっとする。しばらくは痛みの激しい内面の傷を、ごまかしごまかし癒し、看病の疲れを取ってから残りの人生を人にも尽くして楽しく生きてほしい。「うんと遊びましょうね」と言う。あの世で再会した時、楽しいお土産話がたくさんあるように。

『私日記〈2〉 現し世の深い音』

失う訓練ができれば、うまく死ねる

このシンガポールの家を失うことはどうしても悲しくない。私はいつも、失うことを考えて生きて来たのだから訓練ができている。そうしなかったらうまく死ねないだろう。

ここで懐かしいとすれば、それは私の寝室の前のガラス戸全面を覆う大きなタンブスの木の茂みだった。私はこの木の偉大さを示すのに「とにかく六階にあるうちのフラットまで届いているのよ。梢の一番高い先っぽは七階まであるの」という言い方をしていた。リスが駆け上り、オオサイチョウが時々来て止まった。驟雨《しゅうう》の前には、タンブスは突然吹いてくる風を受けて、体中を大きく揺すった。それは生命そのものの躍動に思えた。

私はこの木とだけは少し別れがたいが……それほどにいとおしく美しいもの

なら、私は長くこの世で独占していてはいけない、とも思う。
適当な時に誰かに譲らねばならないものなのだ。

『私日記〈7〉 飛んで行く時間は幸福の印《しるし》』

葬式は、おめでたい

「曽野さん、僕《ぼく》、葬式はほんとうに好きだな。結婚式というのは、行く末どうなるか分からないけど、葬式はほんとうにいいね。完全に終わったわけでしょう。もう不安も何にもないから、おめでたいんですよね」

と神父は言う。ほんとうにそうです。

生きている人間だからこそ、これからどんな悪いことをするかもしれない。しかしもう生を終わった人に対しては、ただ後は神の慈悲と愛が待っているだけです。

私は甘いのかもしれませんが、ほとんどすべての人が天国に行くと思っているのです。

『旅立ちの朝に——愛と死を語る往復書簡』

若さに執着しない

私は自分の若さに対する執着をあまり感じたことがない。若さは、未熟で、なんとなく恥ずかしかった。滑稽《こっけい》でもあった。

安定という点でなら、私は二十五歳の自分よりも、一年でも年取った自分のほうが、まだしも少しは信用できるように思った。

『この世に恋して』

人間の運命に殉じる

私は、たくさんの知人の日本人シスターたちがアフリカや南米で息を引き取っても、決して遺体が日本には帰らなかったことを知っていた。

それは私の考えるもっとも徹底した運命に殉じる姿であった。ほとんどの修道会が、自分たちの会から未開地へ派遣した修道女たちが現地で死亡した場合、その活動の地に葬ることになっている。彼女の生涯を賭けた選択を祝福し、慰め称《たた》えるためでもあるだろう。

私は何度も見たのだ。夜毎、そうした人々の奥津城《おくつき》の上には、壮大なアフリカの夜空が、数えきれないほどの星を飾った棺覆いのように広がる。

しばしば地平線の下の位置まで星が光って見える夜空である。

そして私は思う。あの方たちが、そのような生涯を選ばれたのなら、私もいささかはそれに殉じなくてはいけない。そう思うような光景なのだ。

『人間の愚かさについて』

自分が死んだ後のことは考えなくていい

私は自分が死んだ後のことなど考えられないし、またあまり考えて口を出してはいけないような気もしている。だから、生きているうちに自由になる範囲のお金や心や時間も、少しは他人のために使うことが満たされるための条件のような気がしている。

それはこういう理論からである。人間は人に与えられる立場にいるうちはどんなに年を取っても現役なのである。しかし受けることだけを期待するようになると、それは幼児か老人の心境だから、つまりまだ一人前ではないか、既に引退した人物かどちらかになるのである。老年になっても、全く自分の利益しか考えなかったら、その老人は孤立して当然だ。

『酔狂に生きる』

死んだ瞬間、目が見えるようになる

私は盲目になったら死にたいと思ったのですが……それは、私だけの体験ではなくて、視力を奪われた人たちのほとんどすべてが、同じ思いを経てたちなおられたのだと思います。その時だけは、私は確実に自分の死後の世界に希望をかけていました。なぜなら、死んだ瞬間、私は見えるようになるからです。私はそのことを信じて疑いませんでした。それまで、暗闇《くらやみ》にいたのだから、その時の明るさに耐えられるかしら、などと、私はおかしなことまで心配していました。

神父さま、私は死後の世界のあるなしについて、次のように考えています。無神論の方がよく言われるように、死後の世界があるという保証はないじゃないか、と言うのなら、それは同時に死後の世界がないという保証もないことになります。それは神の存在についても同じことです。

神がいる、という証拠はどこにもないじゃないか、という方たちは、しかし神がいないという証拠をお出しになることもできないはずです。

第六章

自分に楽に生きてみる

どこにいてもきれいな生き方はできる

妹の夫の母君の死去を知らされる。晩年、視力を失ったまま過ごされていた。もともと非常に美しい方だったが、その端然とした自制心のみごとさに、私は深く打たれていた。

人間はどこにいても、どんな状態でもきれいな生き方をすることはできるのだ。五日お通夜、六日代々幡《よよはた》斎場で葬儀。絢爛《けんらん》たる桜の満開の日だった。ここでも故人にふさわしい華やかな旅立ち。実は私は心が軽い。人間死ねば、盲目だった方も、その日から見えるようになる、と信じているのだ。

『私日記〈8〉 人生はすべてを使いきる　悪い運もいい運も』

楽に生きる瞬間にさえ人間が見える

それから気がついてみると、私の親しい人の中には、勉強家もいなければ、勉強家をよしとする空気もなかった。

私はいつも、自分が少しラクに生きるには、今この瞬間、どうしたらいいかばかりを敏感に考えて、それを家庭内でも容認されてきた。その瞬間にこそ人間が見えるという発想だった。

『私日記〈1〉運命は均される』

楽に生きるとは、どういうことか

楽に生きるとは、どういうことだろうか。人間が生きて行くということは、外界の流れの中にある自分を保つことである。外側の流れを変えることは、一国の総理大臣にさえ不可能なことが殆どだから、私たちとしては受けて立つ他はない。そこで、流れに抗したら、外圧は非常に大きくなる。さりとて、木の葉が流されるように、世間の言うなりになるのでは、(もしあるとすればの話だが)人間の尊厳などというものも何もなくなってしまう。私は、はっきり言って、流されっぱなしだけはごめんだと思う。自分を保ちたい。自分の一生なのだから、自分の判断によって、運命を試してみたい。そして死ぬ時に、恐らく《ああ、自分がまちがっていた》と思うことも多いのだろうが、その時は、自分を憐れんで、《バカな奴だったなア》と言って死ぬつもりなのである。

自分の生き方はしたいけれど、頑張って生きたくはない時、どうしたらいいだろう。これが私の長い間の問題であった。そして、答えは出ないまでも、やや解決策に近いものを幾つか、私は探り当てたのである。
その第一は、ひとによく思われようと思うことを、あっさりとやめてしまうことである。というと、投げやりに、どうでもなれ、と思うことのように見えるかも知れないが、そうでもない。私は、小説家としての生活と、一人の家庭人としての、二つの生活をしているわけだが、その作家の仕事について、結果を期待するのは一切、やめにしたのである。私も平凡な人間だから、ひとから作品を褒めてもらうと、嬉しいし、私自身、お世辞ではなくて、他人の才能に感心して暮らしたいとは思っているけれど、自分が書いた作品が、どんなふうに評価されるだろう、と考えることは、作品を書く上に、全くプラスにならないことに気がついたのである。作品を何のために書くか、というと、それは、私の場合は、自分のためである。

『人びとの中の私』

知ったかぶりをしない

私たちはどんな人からも学び得る。学問も何もない人の一言が、哲学者の言葉よりも胸にこたえることがある。

宝石はどこに落ちているかわからない。だから、私たちは、常に教えられるために心を開いていなければならないのである。

何十年以上も、社会とふれて来ると（これもいささか変な言葉だが）私はたくさんの失敗をしでかし、試行錯誤で、そのうちの一部分は、自分のおろかさとして身にしみた。

一部は恐らく気づかないままに過ぎて来てしまったと思われる。

その中で年ごとに強く思うのは、「知ったかぶりよりも、むしろ知らない方がいい」という実感である。

現実問題として、私は知らないことの方が多いから、知らんふりなどという、高級な演技ができる機会など非常に少ないのだが、それでもそう思うのである。

『あとは野となれ』

死ぬまでに会っておく

最近は誰に対しても、一応元気なうちにもう一度会えてよかったと思うようになった。こういう感情を噛みしめてみると、私は誰にも会っておきたいと思っているらしい。

仮に現世で激しく憎んだ人がいても、死ぬまで会いたくないと思い続けられるかどうか。

『私日記〈6〉食べても食べても減らない菜っ葉』

無理しないで生きる

だから私は、突っ張ることなく、自分の置かれた立場を受け入れて、そこで生きることができたのだろうと思う。

つまり私は、無理して生きなかったのだ。できるだけ生きた、というだけのことだ。

『風通しのいい生き方』

何を基準に生きればいいのか

人にとっては何でもないものだが、私にとっては大切だ、というものがあるはずだ。
それを心に留めて生き方の選択をするのが人間というものの基本なのである。
そのような人にならば、個人の尊厳や思想の自由も認めることができる。

『言い残された言葉』

知らないものは知らない

ＮＨＫサービスセンターというところで、私が音声で語るＣＤを何枚か組で出版するという。その録音どりを始めている。午後四時に始めた。喉の具合は相変わらず悪いが、ＮＧはほとんど出さなかった。私は運命論者で、その時そうなったものは致し方ない、と腹を括っているからだ。

話すべきコンテは項目別にちゃんと書かれているから、私らしくないほど筋道は立っている。それに沿って話せばいいし、私には語れないことなら、話を逃げ、知識的に知らないものは知らないと言えばいいのだ。ほんとうのことを言うとそういう企画が売れるとは思えないのだが……それも私の責任の範囲ではないから、黙っている。

『私日記〈8〉 人生はすべてを使いきる 悪い運もいい運も』

本当に人間が欲しいもの

人間、自分の欲しいものしかほんとうは要らないのだ。

才能は贈り物

才能に違いがあることは、神が個人個人に異なった贈り物をされたということにすぎず、それにおかしな優劣をつけたのは、その神の意図の分からない人間の判断だったのである。

『心に迫るパウロの言葉』

ここには人生のすべてがある

古い無人の教会に今日は人が溢れる。すべて光と風の中。健康と病と、孤独と友情と、若さと老齢と、ここに人生のすべてが集まって完璧。

『私日記〈1〉運命は均される』

作家の仕事は孤独で自由なもの

作家の仕事についてよく聞かれるが、基本的には孤独な作業である。

専門の調査をする人たちを置き、口述で大量生産をする作家もいるが、私のような昔ながらの書き方をしている作家は、自分で資料を集め、とぼとぼ勉強し、一人で書く。その工程自体はまさに職人の仕事と同じである。

そこにあるのは、孤独と自由である。

『人にしばられず 自分を縛らない生き方』

運命に耐えぬく力を養うのが教育

教育とは、生と死、善と悪、の双方に毅然として立ち向かうことだ。時にはその苦しみや恐怖と、いかに幼くとも闘わせることだ。

現世にはあらゆる願わしいことと願わしくないこととが、可能性として常に残されている。

そのどちらにめぐり合っても、思い上がることなく自分を失うことなく、その運命に耐えぬく力を養うことこそ、教育なのである。

『なぜ人は恐ろしいことをするのか』

出発点はゼロから

もし、穏やかな満ち足りた生活を当然と考える人であれば、うちに押し入った強盗は、許しがたい異変である。私が満ち足りた状態を常態と見る癖がついていたならば、そこから降って湧《わ》いた災難の点だけマイナスにしなければならないことに激怒したであろう。

しかし、私はまず自分が死んだものと思ったのだった。私の出発点はいつもゼロから出発する。ゼロから見ればわずかな救いも、ないよりは、遥かにましである。私のは、足し算の幸福であり、友人がさとしてくれたことは引き算の不幸のように私は思う。どちらがいいとか悪いとかいうことではない。ただ、私のような計算の方法を使うと、一生に一度もよいことがなかったなどという人は、ありえないはずなのである。

『あとは野となれ』

常識は有効なもの

普通は権力者に見込まれると、出世をし、得もする。しかし見込まれなかったからこそ、命永らえた人間も、歴史上いくらでもいるのだ。人間の予測くらいでは、とうていこうした運命の仕組みの変化についていけない。しかしそれでもなお、性懲りもなく、人間は常識に従う。金をため、出世を企み、見栄を張る。それでいいのだろう。いや、それ以外の道を行くということの方が、むしろ不必要なエネルギーが要るのだ。しかしそれらの常識が、実は決して力を持たないことを心した上で、私たちは常識を愛するべきなのだ。常識というものはつまらないものだが、人に迷惑をかける度合いが比較的少ない。

『中年以後』

日陰の部分が人を成長させる

明るい運命がいいと信じている人はよくいる。時々親から殴り殺されたり、食事を与えられないで死ぬ子供が出たりすると、万事順調な幸福の日差しの下を歩む子がよく成長するだろう、と思う。それは確かに原則だが、そうばかりとは限らない。子供の貧困は許せないことだというのは本当だが、人間が大成するには日陰の部分も要る。失意の時期も必要だ。

運命にも冬と夏が要るのである。

『人間の愚かさについて』

老年は自分の時間を生きることが許される

老年には、私だけの日々を生きることが許される。青春時代も壮年期も、私たちはいい意味でも悪い意味でも、固く家族や、時には職場に結ばれていた。しかし今や私は、私だけの時間を手にしている。

下手な詩を書く時間、毎日夕日を眺める時間、自分と孤独な友人のために簡単な夕食を用意する時間、そして「私はあなたが好きでした」と友に言いに行く時間さえある。

『老いの冒険』

出会いを「深く大切に面白がる」

人生には一日として同じ日がない。

会う人も一人として同じ人がいない。そう思うと強欲になるのだ。今日を大切にしたいと思う。

出会いを持つ人の個性をただ「深く大切に面白がりたい」と思う。


『人生の収穫』

日本中「無名の作品」だらけ

人々は何年も掛かって自然の力との妥協か融和を図りながら、ダムや高速道路や隧道《ずいどう》や橋を作り続ける。

そして多くの技術者と現場で働いた人たちは、完成の前に、(私のように作品に署名するなどという軽薄なこともせず) 黙って次の現場に向かう。

日本中、そうした男たちが作った端正な「無名の作品」だらけだと私は感じている。


『私日記〈7〉 飛んで行く時間は幸福の印《しるし》』

幸福も不幸もいいもの

幸福もいいものだけれど、不幸もいいものだ。

『心に迫るパウロの言葉』

生き延びることとは、絶えず自分を鍛えること

断食について考える。すべて人間には、できることでも自発的に禁欲するという姿勢が常に生活の一部に要ると思うのだが、今の日本には全くそういう文化がない。若者に、一食や二食、食べさせなくてもいいんですよと言うと、親が「そんなことさせられません」という始末だ。『砂漠の豹イブン・サウド』という書物の中で筆者のブノアメシャンは「ほんとうのベドウィン（放牧民）は、一握りのなつめやしの実と、一杯の水と、三時間の睡眠とで満足することを知らねばならぬ」と一人の部族の指導者に言わせている。

生き延びるということは、程度の差はあれ、たえずそうして鍛えることだ。それがその人間に実は自由を与える秘訣なのだから。

『私日記〈7〉 飛んで行く時間は幸福の印《しるし》』

死は一つの救い

誰にとっても、悪い一生ではなかった、と思うことは可能なのである。死刑囚ですら、そう思いうる可能性はある。世の中は何よりも――決して完全ではないが――おもしろいところだった。少なくとも私は今この年になっても、くだらないことによく笑っている。悲しいような、苦しいことさえもおかしく思えることがあった。

反対に、どんなによさそうに見えることも決していいことばかりではない。仲の悪い夫婦は、一方の死によって、確実に片方が救われるが、仲のよい夫婦は、片方の死によって自分が生きながら死ぬ悲しみを味わわねばならない。

もうここまで書けば、私は、つまりめんどうくさくなるのである。めんどうくさいという形で、私は死を一つの救いと思いたいのである。

『完本戒老録』

偏った人生を承認することはおもしろい

狭い酒場でフラメンコを踊ったジプシーの女性の一人は、お腹も少し出っ張った中年風だった。

いや、年齢は私と同じくらいだったのかもしれないが、彼女がくるくる廻る度に不潔そのもののような垢だらけのスカートが私の鼻先をかすめた。洗ったことがないという感じのどろどろの衣装である。

おまけに腰のあたりの縫い目は破れたまま、ホックもとれたままでそれを安全ピンで止めている。それくらい繕えばいいのに、と若い私はそればかりが気になった。

しかし――こういう女だからいいという男もいるのだ。

それと同時に、流されてしか生きていけない男に自分と同じような哀しさを見る女もいる。

人間のおもしろさは、それぞれに偏った人生を承認せざるを得ないところにある。

若い時には、のっぴきならない理由などというものが、この世にあるとは考えなかった。

理想が現実を引きずって行けると信じていたし、それに該当しないものは、非合理なものとして排除すればいいなどと考えていた。


『中年以後』

軽薄な人間にならない方法

酒を飲んで妻を殴る男なんて最低だ。最近日本では家庭内暴力を法的に取り締まってもらえるようになった。いいことだ。

しかし胸を打つような話もインドにはある。稀にだろうが、「夫は私を殴ってもくれません」という訴えがあるという。

彼らの家の多くは、一間だけの小屋である。床は牛糞《ぎゅうふん》を練り固めたもので、戸口以外には窓もない家も多い。もちろん電気も引かれていない。殴られることさえ夫との繋《つな》がりなのだ。

そして女性は夫を失えば、再婚はできない。

村の集会には出られるが、結婚式にはよばれない。

その人たちは、殴ってくれる夫がいることさえ羨《うらや》ましいと思うだろう。

日本の新しい法律に水をさすわけではないが、人間の生活と心の複雑さは、無限の深みを持っている。それを理解しないで、自分たちだけの幸福の形の追及を当然のこととしていると、軽薄な人間になってしまう。

『なぜ人は恐ろしいことをするのか』

自分のサイズの中で、自分を磨く

私たちは皆大方「弱点」も、「得意な点」も、「どちらも少々」持っている。自分の現実以上に「いい人」だと思われようとしても疲れてしまい、続かない。見栄えのいい大きな会社にはそれなりのリスクがある。秀才であれば、鈍才が享受しているような気ままな自由さはない。私たちは自分に与えられている自分のサイズを知り、その自分の能力を磨き、大勢の中の一人として、社会の中で何らかの専門分野を持って働けるような人間になるよう精一杯努力しなければならない。それがこの人間社会に生まれてきた一人一人の輝かしい責務であるだろう。与えられた現実を正視し、受容すること。

『魂の自由人』

人間としての豊かさ

アフリカでは、五歳まで生きられない多くの子どもたちがいるんです。

アフリカの人たちは、貧困のなかで生きるから、人間の悲しみと苦しみを日本人より色濃く知ってきました。

ひょっとすると、彼らのほうが、物質的に恵まれた社会に暮らす私たちよりも、人間として豊かなのかもしれません。


『この世に恋して』

答えは、時間が出す

答えを出すのは、人間ではなく、常に時間である。

自然に死んでいくことは偉大なこと

林の中などを散歩する時、私は落葉を踏んで歩き、この命を失った落葉が、再び木を養う養分となることを思う時、輪廻とか転生とかではなく、一枚の葉が現実に生を助けている有様を見る思いがして、いつも心がほのぼのと明るくなる。

人間は、やりようによっては、自分の死によって、生きる者を助けたり喜びさえ与えることができるのに、と思えるのである。

そして最低限、私に、自然に死んで行くことは愛らしく善意に満ちて偉大だ、と改めて教えてくれるのである。

『永遠の前の一瞬』

出典著作一覧

【小説・フィクション】

『あとは野となれ』朝日新聞出版（朝日文庫）
『永遠の前の一瞬』新潮社（新潮文庫）
『神様、それをお望みですか』文芸春秋（文春文庫）
『神の汚れた手』文藝春秋（文春文庫）
『仮の宿』ＰＨＰ研究所
『幸福という名の不幸』講談社
『それぞれの山頂物語』講談社（講談社文庫）
『天上の青』（上・下）新潮社（新潮文庫）

【エッセイ・ノンフィクション】

『言い残された言葉』光文社（光文社文庫）
『生きる姿勢』河出書房新社
『老いの備え　人生の後半をひとりで生きる言葉』イースト・プレス
『老いの冒険―人生でもっとも自由な時間の過ごし方』興陽館
『思い通りにいかないから人生は面白い』三笠書房
『親子、別あり』ＰＨＰ研究所
『風通しのいい生き方』新潮社（新潮新書）
『悲しくて明るい場所』光文社（光文社文庫）
『哀しさ優しさ香しさ』海竜社
『完本戒老録』祥伝社（祥伝社黄金文庫）
『心に迫るパウロの言葉』新潮社（新潮新書）
『この悲しみの世に』講談社
『この世に恋して』ワック
『幸せは弱さにある』イースト・プレス（イースト新書）
『至福の境地』講談社（講談社文庫）
『人生の収穫』河出書房新社
『酔狂に生きる』小学館
『正義は胡乱―昼寝するお化け４』小学館
『想定外の老年』ワック
『旅立ちの朝に―愛と死を語る往復書簡』新潮社（新潮文庫）
『魂の自由人』光文社（光文社文庫）
『誰のために愛するか』祥伝社
『誰にも死ぬという任務がある』徳間書店
『近ごろ好きな言葉』新潮社（新潮文庫）
『中年以後』光文社（光文社文庫）
『沈船検死―夜明けの新聞の匂い』新潮社
『なぜ人は恐ろしいことをするのか』講談社
『二十一世紀への手紙』集英社
『日本財団９年半の日々』徳間書店
『人間関係』新潮社（新潮新書）
『人間にとって成熟とは何か』幻冬舎（幻冬舎新書）
『人間の愚かさについて』新潮社（新潮新書）
『人間の基本』新潮社（新潮新書）
『晩年の美学を求めて』朝日新聞出版（朝日文庫）
『人にしばられず自分を縛らない生き方』扶桑社（扶桑社新書）
『人びとの中の私』集英社（集英社文庫）
『別れの日まで』新潮社（新潮文庫）（尻枝　正行氏と共著）
『流行としての世紀末―昼寝するお化け２』小学館
『揺れる大地に立って　東日本大震災の個人的記録』扶桑社
『私日記（１）　運命は均される』海竜社
『私日記（２）　現し世の深い音』海竜社
『私日記（３）　人生の雑事すべて取り揃え』海竜社
『私日記（６）　食べても食べても減らない菜っ葉』海竜社
『私日記（７）　飛んで行く時間は幸福の印《しるし》』海竜社
『私日記（８）　人生はすべてを使いきる　悪い運もいい運も』海竜社
『私の中の聖書』ワック（ＷＡＣ　ＢＵＮＫＯ）
『人生の醍醐味』産経新聞社
『夫の後始末』講談社

「いい加減」で生きられれば…

【新装・増補版】流される美学

2019年4月15日　　初版第1刷発行

著　者　曽野綾子

発行者　笹田大治
発行所　株式会社興陽館
〒113-0024
東京都文京区西片1-17-8 KSビル
TEL 03-5840-7820
FAX 03-5840-7954
URL http://www.koyokan.co.jp

装　幀　長坂勇司（nagasaka design）
編集補助　島袋多香子＋中井裕子
編集人　本田道生
印　刷　KOYOKAN,INC.
D T P　KOYOKAN,INC.
製　本　ナショナル製本協同組合

ISBN978-4-87723-241-2 C0095

本書は『流される美学』（小社刊）を改題・増補・再編集したものです。

もの、お金、家、人づき合い、
人生の後始末をしていく
身辺整理、わたしのやり方

曽野綾子

本体 1,000円+税

ISBN978-4-87723-222-1 C0095

モノ、お金、家、財産、どのように向きあうべきなのか。曽野綾子が贈る「減らして暮らす」コツ。